AMOUR MAUDIT
E. BERNARD, ÉDITEUR, PARIS

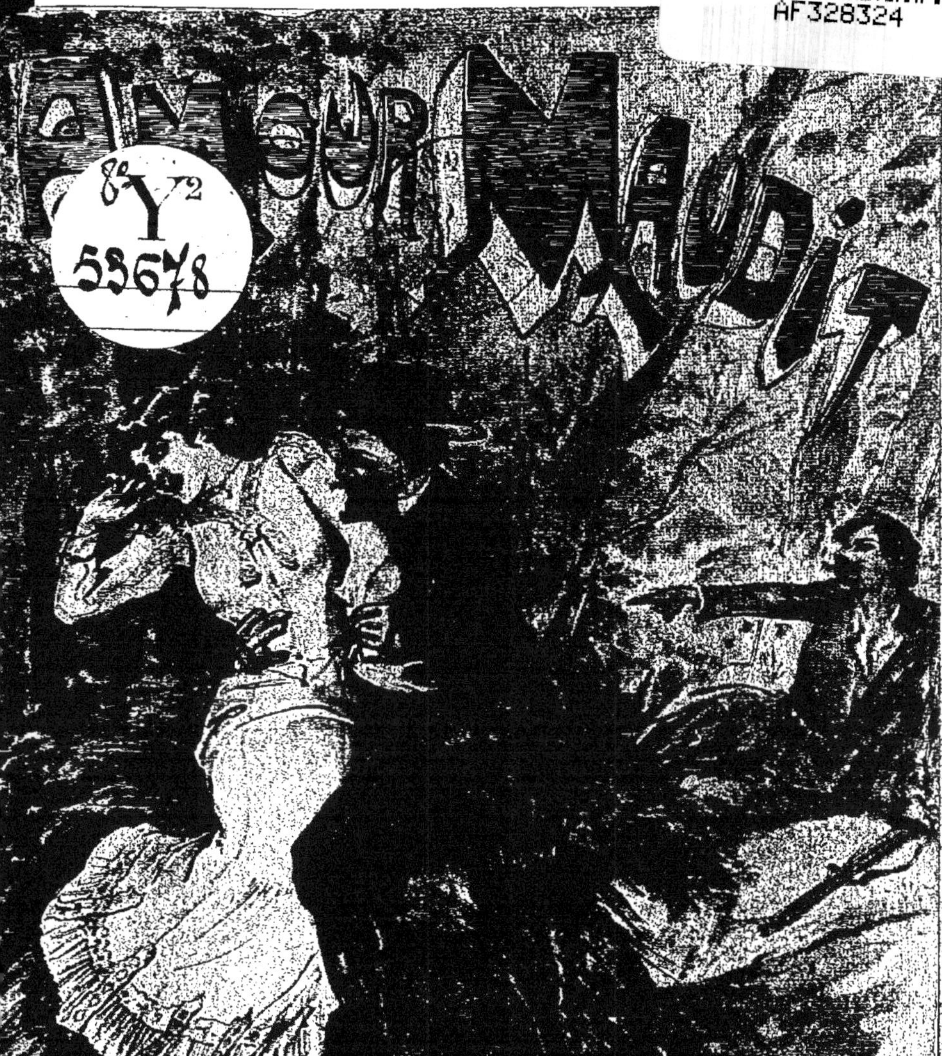

Amour Maudit

PAR

Guy Vanderquand

PARIS

E. BERNARD, IMPRIMEUR-ÉDITEUR

29, Quai des Grands-Augustins, 29

Amour Maudit

PREMIÈRE PARTIE

I

UN CRI DANS LA NUIT

Le soir descendait doucement sur la côte bretonne et le soleil, en plongeant dans l'océan, dessinait sur la surface unie de la mer qui reposait, très calme, une multitude de tons aux nuances changeantes qui la rendaient semblable à un immense tapis d'orient.

Dans le parc du château de Kerven, à deux cents mètres de la mer, un rossignol déroulait à plein gosier, au sommet d'un arbre, les trilles éperdues de son chant divin, et pourtant cette chanson mélodieuse était moins douce et moins vibrante que le duo d'amour qui, au pied de l'arbre, l'accompagnait en sourdine...

Duo d'amour! et aussi duo de désespoir...

. . . .

Il y a quelques années, lors du krach de l'Union Générale, le banquier Morange, l'un des rois de la finance parisienne à qui la fortune avait jusqu'alors insolemment souri, s'étant un soir endormi colossalement riche, se réveilla ruiné le lendemain. Ces cho-

ses-là arrivent quelquefois dans le monde qui évolue,
l'après-midi, autour de l'antre de la rue Vivienne.

Malheureusement, Morange devait entraîner dans
sa chute tous les satellites qui gravitaient autour de
lui et qui avaient eu foi en son étoile. Il vendit tout
ce qu'il possédait ne gardant que son château de
Kerven, mais la somme qu'il réalisa ne fut qu'une
goutte d'eau dans la mer, et elle ne pouvait conjurer
l'orage, fait de colères et malédictions, qui s'amas-
sait sur sa tête.

Le spectre de la banqueroute apparaissait déjà,
mais le banquier, homme d'honneur quoique spécu-
lateur malheureux, préférait mourir plutôt que d'en
supporter la vue et il songeait déjà à se préparer à
cette échéance qu'il jugeait inévitable et fatale, à
moins que...

Le banquier Morange avait une fille, Lucile, une
douce et délicieuse créature de vingt ans à peine,
qu'il avait élevée, sa mère étant morte en lui don-
nant le jour, et qu'il chérissait. Naturellement elle
ne manqua point d'adorateurs, mais non moins naturellement les nombreux soupirants qui paonnaient
autour d'elle depuis longtemps déjà, s'enfuirent
comme une volée de moineaux lorsque se produisit
la catastrophe. Un seul resta sur les rangs, Roland
de Goussé, un jeune attaché d'ambassade qui adorait
Lucile et dont la fortune équivalait presque à celle
que Morange avait perdue. Tout simplement, il l'offrit
au banquier, lui demandant, en échange de la vie et
de l'honneur qu'il lui rendait, la main de sa fille.

Hélas ! le cœur de Lucile était pris depuis longtemps et par un ami de Roland, justement, mais ce
dernier ignorait l'intrigue que Lucile avait réussi à
tenir cachée à tous, sinon à son père : l'élu de son
âme, celui qui était son premier amour et qui devait
être le dernier, Raymond Bellière, était un jeune musicien auquel on s'accordait à prédire le plus bel
avenir, mais qui, pour l'instant, était aussi pauvre
que son ami Roland était riche.

Il y avait déjà belle lurette qu'ils chantaient ensemble le duo d'amour, la chanson joyeuse et jolie
des amours de la vingtième année, la bonne chanson
qui berce de ses doux mensonges le monde depuis
sa naissance et auxquels le monde ne cessera jamais
de croire. Le banquier Morange avait fini par découvrir l'idylle ; mais, différant en cela de la plupart de
ses semblables, comme il n'avait pas une caisse à la
place du cœur, et qu'il adorait sa fille, il avait daigné
sourire et il s'était dit qu'après tout il était assez
riche pour deux.

C'est à ce moment que se produisit le cataclysme.

La pauvre Lucile qui avait eu jusqu'alors une vie
joyeuse et qui ignorait la peine, les déceptions et les
angoisses, se trouva, un vilain matin, dans l'obligation de résoudre cet atroce dilemme : renoncer à son
amour ou bien être cause de la mort de son père.

Elle n'hésita pas et, innocente victime, elle s'en-
gagea résolument sur le chemin du devoir et du sacrifice.

M. Morange était loin de s'attendre à la demande

de Roland de Goussé, demande qui survint juste au moment ou, abandonné de tous, il allait se livrer à quelque acte désespéré ; il n'avait pas su démêler les véritables sentiments du jeune homme à l'égard de sa fille, dans les entrevues familières mais toujours respectueuses qu'ils avaient ensemble.

— C'est que, Monsieur, avait-il répondu, votre demande me surprend un peu, tout en m'honorant grandement ; quoiqu'il arrive, étant donné les circonstances actuelles, je vous en garderai une profonde et éternelle reconnaissance... mais, donnez-moi le temps de réfléchir et surtout de parler à ma fille, De votre côté, si vous la voyez, vous pourrez plaider votre cause : quant à moi, je ne puis vous promettre qu'une seule chose, c'est de lui transmettre votre prière sans chercher à l'influencer ni dans un sens, ni dans l'autre.

Hélas ! non seulement il ne devait pas chercher à l'influencer, le malheureux père, mais il hésita même longtemps avant de mettre à exécution la promesse qu'il venait de faire.

Pourtant, c'était une porte de salut qui s'ouvrait là, aussi bien pour sa fille que pour lui, et cela le décida ; et puis, qui sait ? peut-être cet amour n'avait-il pas poussé ses racines si profondément dans le cœur de l'enfant qu'elle dût souffrir beaucoup en les arrachant ?...

Justement, Raymond se trouvait avec Lucile, lorsque M. Morange, ce jour-là, était allé vers sa fille afin de lui faire part des projets de M. de Goussé.

En apercevant son père elle s'avança vers lui, souriante, mais elle s'arrêta subitement en remarquant l'expression de tristesse inusitée qui était peinte sur son visage. M. Morange, jusque là, n'avait pas cru devoir avouer à sa fille toute l'étendue de son malheur, espérant toujours.

— Voulez-vous aller m'attendre un instant dans mon cabinet, fit le banquier en s'adressant à Raymond; je désire vous parler et je vous rejoindrai dans un instant.

Raymond s'inclina et se retira.

— Qu'as-tu donc, fit Lucile, tu as un air soucieux qui ne t'es pas habituel et, en vérité tu choisis bien ton jour pour arborer cette tristesse, continua-t-elle en essayant de sourire, as-tu donc oublié que c'est aujourd'hui mon anniversaire?

— Certes non, ma chère Lucile, je ne l'ai pas oublié; mais vois-tu, mon enfant, il y a quelquefois de bien rudes épreuves dans la vie; on forme des projets, tout semble se réunir pour en rendre l'exécution possible, puis...

— Ah ça, mais qu'y a-t-il, fit Lucile, cette tristesse, ce ton solennel m'inquiètent et m'épouvantent, déjà je soupçonnais...

— C'est pour toi surtout que je souffre, interrompit M. Morange.

— Pour moi? Et quel malheur puis-je craindre tant qu'il me reste mon père... et lui.

M. Morange fit un mouvement.

— Raymond ! murmura-t-il...

— Oui... ne sera-t-il pas bientôt ton enfant lui aussi? nous t'aiderons tous deux à supporter tes chagrins, car j'ai deviné, va...

— Quoi?

— De malheureuses spéculations ont dérangé ta fortune? qu'importe. Entre toi et lui que puis-je désirer? Nous quitterons Paris tout à fait. Ce luxe, ces domestiques, tu les avais surtout pour moi, Bah! la belle affaire! Je saurai bien m'en passer quand vous serez là... tous deux.

M. Morange prit sa fille dans ses bras et, la serrant sur son cœur il l'embrassa tendrement tandis qu'il lui murmurait à l'oreille :

— Chère! chère enfant!...

Et en même temps il entendait une voix intérieure qui lui disait :

— Tu ne pourras pas... tu ne pourras jamais!...

— Aujourd'hui même, prenons une résolution, continua Lucile : renonce à ces affaires qui t'ont rendu triste et soucieux : la fortune t'a trahi, tant pis; il n'y pas de déshonneur dans la pauvreté. Nous irons dans quelque campagne où il n'hésitera pas à nous suivre...

— Il te l'a dit ?

— Bien sûr ! tout à l'heure, avant ton arrivée, car il avait bien deviné lui aussi. Que lui importe! Je t'assure bien que ce n'est pas cela qui a attristé notre entretien ; ce n'est pas cela qui rendra pour nous le ciel moins bleu, la vie moins belle et notre affection moins profonde. Comme moi, il sera heureux partout, avec ta tendresse et mon amour.

A cet instant, le visage de M. Morange s'assombrit davantage et il murmura à part lui :

— Les séparer... non, ce n'est pas possible !

— Raymond est là, reprit Lucile, dans ton cabinet, il t'attend ; va le voir et laisse-nous te consoler et te faire oublier tout le reste. Si le monde méprise ceux qui sont pauvres, qu'importe à ceux qui n'ont pas besoin du monde : qu'importe que la fortune nous quitte si le bonheur vient !

M. Morange resta un instant silencieux, hésitant, puis il dit enfin, comme avec effort :

— La fortune, tu y renonces sans peine, mais s'il te fallait...

— Quoi donc ?

— Renoncer à... Raymond.

— A Raymond ?

— Il t'en coûterait beaucoup ?

— Oh ! rien... que ma vie...

Le banquier tressaillit.

Sa vie ! murmura-t-il en faisant des efforts surhumains pour retenir une larme qui lui montait du cœur aux yeux. Ah ! pauvre chérie ! comme elle l'aime.., non, je ne puis parler, que mon sort s'accomplisse !...

Et, brusquement, comme s'il eut craint de laisser voir l'émotion qui le bouleversait, il mit un baiser sur le front de sa fille et il s'éloigna d'un pas lourd.

Lucile le regarda partir.

— Oh ! fit-elle lorsqu'il eut disparu, qu'est ce que tout cela veut dire ? Il doit y avoir quelque chose qu'on me cache, et ce n'est pas seulement la ruine qui l'attriste à ce point. Ces questions étranges, ces réticences... il doit y avoir d'autres motifs qui le troublent et qui l'empêchent de s'expliquer. Il faudra que je sache coûte que coûte...

Sous la verandah, où elle était assise Lucile demeura un instant silencieuse et pensive ; le soir déroulait sur Paris son manteau de velours sombre parsemé d'étoiles d'or et le jardin de l'hôtel du banquier Morange, l'un des plus beaux de l'avenue d'Iéna, déjà s'emplissait d'ombres.

Elle fut tout à coup arrachée à son rêve par un valet de pied qui vint lui annoncer M. Roland de Goussé.

La jeune fille avait complètement oublié que son père l'avait en effet invité à dîner pour le soir même.

Elle s'avança au devant de lui et lui tendit la main que le jeune homme baisa en s'inclinant.

— Mademoiselle...

— Vous avez vu mon père, Monsieur Roland? demanda Lucile.

— Tout à l'heure, oui, mais est-ce qu'il ne vient pas d'avoir un entretien avec vous?

— En effet... mais, j'y pense, vous qui êtes l'homme de confiance de mon père, son ami, vous allez peut-être pouvoir me renseigner un peu sur l'exacte situation de ses affaires... Je sais qu'elles ont été désastreuses ces temps derniers.

— Déastreuses, en effet, Mademoiselle, dois-je tout vous avouer?

— Je vous en prie, Monsieur, fit Lucile précipitamment, ne me cachez rien.

— Eh bien, c'est la ruine, ou à peu près, mais ce malheur n'est pas irréparable.

— Vous croyez?

— J'en suis sûr, car moi-même je puis le réparer.

— Vous ? ah ! Monsieur !

— Oui, moi... et vous.

— Moi?

M. de Goussé la regarda avec étonnement.

— Mais... M. Morange ne vous a donc rien dit? fit-il.

— Quoi ?

— C'est que... je croyais qu'il était venu exprès pour cela... pour vous dire que votre mariage avec un jeune homme riche pourrait... et je me demande quel motif il a pu avoir pour s'être tû.

Lucile eut peur de comprendre ; la lumière venait de se faire tout à coup dans son esprit; toutefois elle s'efforça de ne pas laisser paraître son émotion.

— Avec un homme riche ? répéta-t-elle lentement; et ce jeune homme riche se nomme?

— Pardonnez-moi, mademoiselle Lucile, fit Roland ne répondant pas directement à la question, mais j'avais cru que vous aviez déjà deviné les sentiments d'affection profonde que j'ai pour vous depuis bien longtemps, et je pensais aussi que si mon mérite et ma tendresse ne suffisaient pas à obtenir grâce pour moi, la tendresse d'une fille pour son père parlerait en ma faveur.

— Alors, c'est vous ?...

— J'ai cent mille livres de rentes ; je les mets avec joie à la disposition de votre père et ensemble nous le sauverons...

— De la ruine, oui, je sais, interrompit la jeune fille qui ne put réprimer un mouvement d'impatience nerveuse ; toujours la même antienne. Et puis après ? Les privations ne nous font pas peur, allez.

— Il en est une à laquelle M. Morange ne pourra pas s'habituer.

— Laquelle ?

— L'honneur.

— L'honneur ?

— Oui. M. Morange ne perd pas seulement ce qu'il possédait, mais encore ce que la confiance des autres avait placé dans ses mains ; des gens qui croyaient en son honneur — et qui avaient raison d'y croire — lui ont remis leur fortune, ils perdront tout. Bon nombre de fripons dans ce monde spéculent sur la crédulité. Comment ne pas confondre avec eux l'homme qui vous enlève ce que votre bonne foi lui avait confié ? Qui saura distinguer au juste l'intrigant qui vous vole votre argent de l'honnête homme malheureux qui vous le fait perdre ? Le monde ne se donne pas la peine d'y regarder de si près et tous deux sont également déshonorés. Comprenez-vous maintenant ?

Hélas ! Si elle comprenait, la pauvre Lucile ; elle ne devinait que trop les souffrances endurées tout à l'heure par son père à qui le courage avait manqué lorsqu'il s'était agi de toucher au bonheur de sa fille.

Elle se tenait appuyée toute tremblante au dossier d'une chaise et mille pensées confuses bourdonnaient en son cerveau.

— Ce marché que vous me proposez, Monsieur, dit-elle d'une voix où perçait un peu de fierté dédaigneuse, est impossible car mon cœur est déjà pris et en admettant que je puisse le reprendre, je ne pourrais pas le donner à un autre.

Roland était devenu très pâle.

— J'ignorais... murmura-t-il ; mais vous êtes injuste, Lucile, et bien cruelle aussi. Ce n'est pas un marché que je vous propose et je rougirais d'avoir eu cette odieuse pensée ; je voulais simplement vous demander de faire votre bonheur. Dieu m'est témoin que j'aurais voulu choisir un jour meilleur pour vous avouer ma tendresse et pourtant ce n'est pas sans une secrète joie que j'ai appris les événements, car je voyais là possibilité d'appeler à l'appui de mon amour une preuve de désintéressement et de dévouement. Je déplore que vous ne l'ayez pas compris...

Lucile, touchée par ces paroles empreintes d'une fierté digne et qu'elle devinait sincères, comprit tout le mal qu'elle venait de faire à celui dont elle connaissait, en effet, la loyauté et la franchise, mais dont elle avait ignoré jusqu'à ce jour les véritables sentiments à son égard.

— Pardonnez-moi, mon ami, fit-elle en essayant de sourire et en lui tendant la main, je suis injuste, c'est vrai, mais avouez qu'il y a des circonstances atténuantes.

Roland, enthousiaste et incapable de refléchir, comme tous les amoureux, se reprit à espérer.

— N'était-il donc pas naturel, dit-il, que, si vous consentiez à faire mon bonheur, je fasse, en échange celui de votre père? Il m'était alors permis de le sauver d'un malheur certain, de la banqueroute et peut-être... d'un malheur plus grand encore.

Lucile tressaillit; une pensée aiguë, lancinante comme une blessure s'empara de son cerveau; elle eut peur.

— Que voulez-vous dire, M. Roland, balbutia-t-elle; expliquez-vous...

— Tout à l'heure M. Morange m'a dit qu'il existait une porte par laquelle il pouvait s'évader du déshonneur.

— Et cette porte, c'est?...

— La mort.

Lucile poussa un cri déchirant. Ainsi son père préférait mourir plutôt que de lui proposer simplement de faire taire son amour pour le sauver; il préférait la mort à la vision de sa fille malheureuse; c'était là la raison de ce sanglot, de cette larme qui tout à l'heure avait brillé dans ces yeux qui n'avaient jamais pleuré. Elle se souvint alors d'une phrase qu'elle avait lue dans une lettre que sa mère avait écrite pour elle à son lit de mort et qui lui avait été remise par son père jadis quand elle eut l'âge de raison, selon le vœu de la morte. Elle disait: « J'étais pauvre, abandonnée, orpheline lorsque ton père, qui fut ma seule tendresse en ce monde, me recueillit ; il y a dans son cœur des trésors d'affection et de dévouement qui valent plus que les richesses qu'il me donna et ce que je regrette en mourant, c'est la dette de reconnaissance et d'amour que je te laisse à acquitter envers lui. »

Ah ! comme elle disait vrai ! Le dévouement de celui dont elle parlait se manifestait encore une fois dans ce qu'il a de plus pur et de plus beau, mais comme aussi, hélas ! il lui dictait son devoir, à elle, sa fille.

Les souffrances qui torturaient le cœur de Lucile se lisaient sur son visage bouleversé, d'une blancheur de rose trémière, encadré par une masse de cheveux d'or dans laquelle un rayon du soleil couchant avait semé des rubis et des topazes. Qu'elle était belle alors, d'une beauté douloureuse !

Roland s'était incliné avec respect.

— Mademoiselle, murmura-t-il...

Et il fit un pas pour se retirer.

Mais Lucile le retint.

— Restez, M. de Goussé, dit-elle.

Le ton de sa voix s'était raffermi.

— Tout à l'heure, continua-t-elle, vous irez trouver mon père et vous lui direz que vous êtes envoyé par moi.

— Pour lui dire ?...

— Pour le remercier.

— Le remercier ?

— Oui... de ce qu'il vous donne... la main de sa fille.

Roland ne put retenir un cri de joie.

— Ah ! Lucile, toute une vie d'amour et de dévouement ne pourra payer cette parole et je saurai bien faire, allez, que vous ne le regrettiez pas. Oh ! Merci !...

— Je vous en prie, M. Roland, allez trouver mon père.

— Vous l'ordonnez ?

— Je vous en prie, allez vite...

Roland lui prit la main, qu'elle abandonna, puis, après y avoir déposé un long baiser il courut à la recherche de M. Morange.

Lucile se laissa tomber sur sa chaise.

— Ma pauvre mère, murmura-t-elle, tu dois être satisfaite... Il se serait tué ! J'ai fait mon devoir... mais lui, lui ! tout à l'heure je vais lui faire parvenir un dernier adieu afin qu'il sache ce qui se passe là. Il sait combien je l'aime !... Le mal qui torture mon cœur me tuera, j'espère... une longue vie avec un pareil chagrin... ce serait un affreux supplice... mais le devoir a parlé... lui seul peut nous consoler... de notre amour !...

Mais c'en était trop pour la pauvre enfant. Il est de ces douleurs qui ne peuvent être supportées stoïquement que par ceux qui cheminent depuis longtemps sur les routes accidentées de la vie; comme un beau lys frêle courbé par un vent d'orage elle s'inclina, sa tête tomba sur son bras appuyé sur le dossier du

siège qui la soutenait et les larmes coulèrent, silen-
cieuses, tandis que la prière des amants qui regret-
tent le paradis perdu, le *leitmotive* de détresse et de
regret s'échappait de ses lèvres pour aller se mêler
aux plaintes innombrables des espoirs déçus qui gé-
missent dans le soupir des brises :

— Ah ! mes beaux rêves... mes beaux rêves d'a-
mour ! ..

.   .   .   .

Les fiançailles de Lucile Morange et de Roland de
Goussé furent célébrées rapidement et elles eurent
un grand retentissement dans la haute société parisienne à laquelle les deux jeunes gens appartenaient.

On s'accorda à trouver que le banquier avait eu
une chance prodigieuse ; cet homme qui avait passé
sa vie à pratiquer des spéculations d'une hardiesse
toute américaine, venait d'en opérer une, la dernière,
qui dépassait les autres de cent coudées ; c'était une
magnifique fin de carrière.

Dans le clan du jeune attaché d'ambassade, le refrain fut tout autre et la décision fut différemment
appréciée. Un représentant d'une des plus vieilles
familles de France, immensément riche, épousant la
fille d'un financier ruiné !... C'était le monde ren-
versé, tout simplement ; d'autres — en petit nombre
— admiraient sa conduite, digne des ancêtres qui,
eux, ignoraient les calculs en amour.

M. Morange devait passer l'été avec sa fille en Bretagne, dans leur propriété de Kerven. En s'éloignant
de Paris, il avait un but, mettre avant le mariage la

plus grande distance possible entre Lucile et Raymond Bellière, qui, en apparence, s'était incliné avec
une correction parfaite devant sa décision ; mais
M. Morange, qui connaissait le jeune homme, n'avait
pas été dupe de cette apparente soumission, et il
pressentait que cette nature violente, énergique et
passionnée, n'accepterait pas ainsi la défaite sans
lutte.

L'intention du banquier était de revenir à Paris à
l'entrée de l'automne et de célébrer le mariage de
suite.

Lucile avait accepté avec empressement — quoique la mort dans l'âme pourtant — le projet de son
père. Dans la solitude et l'éloignement elle croyait
trouver, sinon l'oubli, du moins le calme réparateur
dont elle avait tant besoin. Hélas ! elle ignorait la
décevance qu'elle allait rencontrer dans ce désir de
fuir, de s'affranchir au souffle des chemins, de rompre avec tout pour être plus forte et elle ne savait
pas que les recoins trop silencieux ont leurs pièges,
les petits sentiers fleuris leurs poisons. Elle ne savait
pas combien sont dangereux pour les cœurs qui
souffrent la langueur des soirs, l'immense et délicieux
engourdissement de la solitude.

Énorme silence pendant lequel l'âme sévit, où l'on
s'écoute souffrir et mourir, où la paix que l'on trouve
est comme l'attirante paix, déjà, de la tombe. Fleurs
qui grisent vos nerfs maudits et vous laissent, après,
plus seul et plus triste.

Aux soirs tombants, à l'heure où le soleil se drape

dans son manteau de pourpre d'or, où la nature tout entière semble se reposer dans une majestueuse somnolence, Lucile allait s'asseoir au bord de la mer, unie comme une glace et semblable à un immense tapis d'Orient ; elle restait là des heures entières, dans une contemplation sans fin, le regard noyé dans l'infini des couchants, où les reflets du soleil à l'agonie se fondaient en des nuances indécises, et elle songeait à son rêve, à son beau rêve qui était toute sa vie et qui s'en était allé, envolé pour toujours.

Peu à peu, au fil des jours, sur cette côte bretonne rude et sauvage, la contemplation devenait le seul élément de son existence ; sa douleur, qu'elle avait cru pouvoir vaincre, grandissait d'autant plus et devenait d'autant plus dangereuse qu'elle commençait à la chérir et qu'elle en gardait le secret. Il lui semblait que parfois la mer exerçait sur son âme une attraction irrésistible et, si elle n'eut pas été soutenue par la foi, quand même, dans l'avenir, par cet espoir informulé qui, malgré les épreuves aussi dures soient-elles, demeure toujours au fond des cœurs jeunes et vivaces que la vie n'a pas encore broyés, elle aurait été chercher l'oubli dans les flots berceurs après n'avoir connu de l'amour que les déceptions et les angoisses, après avoir répété le « rien ne m'est plus » de la royale martyre.

Ce fut dans cet état d'âme que la surprit une lettre de Raymond Bellière ; il la suppliait de lui accorder une entrevue, la dernière, disait-il, car il allait partir pour ne plus revenir.

M. Morange avait deviné juste ; mais comme, depuis quinze jours qu'ils étaient en Bretagne il n'avait pas entendu parler de Raymond, il avait fini par croire que le jeune homme avait, en effet, compris que toute révolte serait inutile, et il s'en réjouissait.

Le ton de cette lettre — était-ce hasard ou calcul —n'avait rien d'emporté, de fatal, qui put effrayer la jeune fille ; au contraire, les phrases étaient imprégnées d'une mélancolie douce, résignée, et elles semblaient exprimer une soumission douloureuse, sans idée de révolte, devant le fait accompli.

Pourtant, elle eut voulu refuser ; ç'eut été le parti le plus sage, mais elle ne put s'y résoudre. Si le cœur humain, un cœur de femme surtout, est capable de s'élever à de prodigieuses hauteurs dans le domaine du sacrifice et du dévouement, il ne peut accomplir, toutefois ce qui est au-dessus des forces humaines.

Quelque effort de volonté et d'énergie dont elle fut capable pour essayer sinon d'étouffer du moins d'endormir son amour, elle ne put y parvenir. C'était un amour coupable maintenant, elle le comprenait bien, mais elle n'en subissait pas moins l'inexorable influence.

Il venait de faire un signe, cela suffisait pour qu'elle oubliât tout et pour qu'elle accourut comme l'esclave à l'appel du maître.

On dirait que la nature aime parfois à se mettre en harmonie avec nos cœurs, qu'elle prépare une scène tout exprès pour ces drames charmants ou terribles dont nos amours ou nos haines sont les acteurs principaux. Ce soir là, en se plongeant dans l'océan, le soleil après lui ne laissait pas un nuage ; les derniers rayons empourpraient le ciel, un ciel gris, rosâtre, gardant, comme par des reflets de lumière, un peu de l'embrasement mouillé qui se meut sur la mer, derrière le rideau des nuées supérieures, un ciel atténué d'une pourpre dolente où agoniserait le reflet d'un formidable et lointain incendie.

La surface de l'eau s'estompait sous une brume vaporeuse et des vagues imperceptibles, muettes, venaient mourir sur les galets, sur le gravier jauni où elles effilochaient insensiblement leurs franges. Au loin, dans la bruyère, quelques rappels de perdrix, un froufroutement d'aile d'oiseau regagnant son nid, le bruit strident d'un essieu... C'était tout ce qui restait des cris, des chants d'oiseaux, du grondement de la mer, de ce bourdonnement incessant et confus qui révèle la vie sous la plus humble des feuilles.

Les premières étoiles piquaient déjà l'immense voûte — semblables à ces petites veilleuses qui tremblent au sanctuaire de quelque cathédrale — et, au milieu de ce silence, deux amants ne pouvaient entendre que les battements de leur cœur.

Elle allait donc le voir ce soir-là, dans le parc solitaire pour la dernière fois, et puis tout serait fini ; il partirait le lendemain, pour toujours et elle ne le verrait plus...

Elle ne le reverrait jamais plus... Cela était donc

possible? Cette pensée la bouleversait à un tel point que, assise sur le banc où elle l'attendait, elle crut plusieurs fois qu'elle allait défaillir et qu'elle n'aurait pas la force de lui dire l'éternel adieu. Ah ! comme elle regrettait de lui avoir accordé cette dernière entrevue. A quoi bon, en effet ? n'était-ce pas prolonger la douleur bien inutilement ?

Au moment même où elle faisait cette réflexion elle perçut un bruit de pas à côté d'elle. C'était Raymond.

Ils se prirent les mains, dans une étreinte violente, presque brutale et leurs lèvres murmurèrent ensemble :

— Lucile !

— Raymond !...

La jeune fille était devenue toute pâle...

Elle avait tressailli au seul accent de cette voix passionnée tandis que, grisée par les aromes puissants de ce soir d'été, mêlés à la brise marine, elle sentait son cœur se fondre dans un alanguissement inexprimable. Elle resta quelques minutes immobile, ne trouvant pas la force nécessaire pour parler. Elle comprit alors combien sont vaines nos résistances à la volonté mystérieuse qui nous gouverne tous et nous courbe sous son joug implacable.

Elle voulut vaincre cependant et ce fut elle qui fut la plus courageuse et qui parla la première.

—Asseyez-vous mon ami, fit-elle, là, près de moi.

—Alors c'est bien vrai ? demanda Raymond au

bout d'un instant de silence et en plongeant son regard dans les yeux pur de son amie.

Lucile courba la tête et ne répondit pas.

— Et moi, continua Raymond, qui étais presque heureux de vous savoir devenue pauvre... cela dissipait mes scrupules, mes craintes; nous étions égaux dans la pauvreté. Il me semblait que notre amour, n'ayant plus que notre jeunesse et notre courage pour soutiens en était devenu meilleur et plus pur. Ah ! pourquoi vous ai-je connue ! Auparavant, ma vie avait un but, l'art divin, idéal accessible vers lequel montaient toutes les forces de mon être et maintenant les ineffables joies que je goutais dans cette ascension je ne les trouve plus ; un autre but, un autre idéal s'est créé pour moi, et je sais maintenant que celui-là je ne puis l'atteindre et il me prendra ma vie...

— Raymond, fit Lucile d'une voix suppliante et tremblante de douleur, croyez-vous donc que je ne souffre pas, moi aussi, et peut-être plus que vous ? Nous sommes victimes de la fatalité, nous supportons le poids de fautes que nous n'avons pas commises mais que faire, mon Dieu ! que faire, et que pouvons-nous contre l'irréparable...

— Ah ! oui, je sais, la résignation, le renoncement quand on est jeune et fort et quand on a la vie devant soi. O misère !

Cette fois, ce fut avec gravité que Lucile répondit :

— Ecoutez-moi, Raymond. Avec vous maintenant,

il n'est plus besoin de détours et nous ne devons rien nous cacher puisque nous allons nous séparer pour toujours; Raymond, je vous aime ; vous avez pris mon cœur, vierge encore, vous le posséderez éternellement et avec lui vous emporterez mon bonheur et ma joie, c'est-à-dire ma raison d'exister. Oui, vous disiez vrai, tout à l'heure ; avant j'étais heureuse moi aussi, ou du moins j'en avais l'illusion et elle me suffisait. Je ne voyais pas au delà. Vous êtes venu et vous m'avez fait entrevoir un Eden que j'ignorais et où je ne pénétrerai jamais, jamais...

« Tenez, Raymond, oubliez-moi, oubliez-moi pour toujours ! Si votre amour pour moi a pris profondément racine dans votre cœur, arrachez-le quand même comme on fait d'une mauvaise herbe dans un champ. Perdez jusqu'à mon souvenir, s'il le fallait je préférerais être pour vous un objet de haine. Les impressions s'effacent, vous le savez, vous verrez des visages heureux, des cieux calmes, et la brise légère emportera votre peine comme elle sèche le matin les gouttes de rosée sur les pétales des fleurs...

Lucile avait prononcé ces phrases terribles tout d'une haleine, sans remarquer jusqu'à quel point elles bouleversaient Raymond.

— Lucile, fit-il en tremblant, Lucile, vous ne m'aimez pas !

— Oh ! mon Dieu ! murmura-t-elle, je suis là, seule, à côté de lui et il dit que je ne l'aime pas. J'ai failli mourir, l'autre jour quand il m'a fallu marcher sur mon cœur et détruire de mes propres mains mes

plus chers espoirs ; depuis que je l'ai rencontré pas
une heure, pas une seconde son souvenir ne m'a
quitté ; depuis de longs jours, malgré ma résolution,
j'use mes forces et ma vie à soutenir une lutte contre
moi-même, à cause de lui et pour lui ; il sait que si
chez moi le sentiment du devoir et l'obligation du
sacrifice triomphent de ma tendresse j'en mourrai ;
il le sait, il le voit, il devine ma misère et il dit que
je ne l'aime pas... O Raymond, pourquoi me faites-
vous tant de mal...

Dans un grand mouvement de passion, le jeune
homme l'avait prise dans ses bras et il lui murmurait à l'oreille de bien douces choses, toujours les
mêmes et toujours nouvelles sur les lèvres des
amants.

— Pardon, ma Lucile, pardon, mais je t'aime tant
et tant, vois-tu... oui, j'admire ton dévouement et
je m'incline devant cette noblesse du cœur et cette
grandeur d'âme qui fait que tu préfères t'immoler à
ton bonheur plutôt que de sacrifier une existence
sacrée... Cela est beau, cela est grand, mais pardonne-moi car cela doit me tuer, et sois indulgente si
mon être frémit dans une dernière révolte et s'il a
peur devant la nuit du tombeau.

— Raymond !...

— Oh ! pourquoi la vie odieuse et brutale se plaît-
elle donc toujours à renverser le piédestal sur lequel
deux amants voudraient échafauder leur bonheur.
La nature nous appelle, elle nous attire l'un vers
l'autre, elle nous fait entrevoir le paradis, et au mo-

ment où nous allons l'atteindre, elle nous arrête et nous rejette dans l'universelle douleur humaine. Ah ! Lucile... mourir sur tes lèvres, boire dans un baiser et ton âme et ta vie et partir tous deux vers l'éternité...

— Le rêve des amants de Vérone, fit Lucile, et son visage prit une expression presque surnaturelle ; oui, c'est un rêve délicieux et divin...

Et Raymond continuait la bonne chanson :

— Tu es mon bonheur et ma vie, chère aimée. Te sentir contre moi frissonnante, entendre ta voix m'enchanter de son perpétuel cantique d'amour, c'est à cela que je songe quand je suis loin de toi, c'est de cela que je rêve lorsque mes doigts courent sur le clavier à la recherche de la mélodie nouvelle que bientôt, hélas ! ils ne chercheront plus...

Raymond la tenait toujours dans ses bras et il la sentait confiante et sans alarmes. L'avenir désolé était oublié, à cette minute ; seuls existaient en leur âme le passé joyeux et le présent radieux. Ils se taisaient maintenant et ce silence ému les unissait plus étroitement que le plus passionné bavardage. Raymond songeait, sans pouvoir détacher ses yeux de son cher visage dont la souffrance par instants idéalisait la beauté et il soutenait sa tête sur son épaule comme un calice plein de grâces précieuses. A cet instant de recueillement passionné et doux, il sentait que son cœur d'amante s'abandonnait et battait à l'unisson du sien, bercé par la grandiose poésie de la nature pleine de silence infini.

« Être heureux... l'un par l'autre... » et toujours chantait leur âme.

— Jamais ! répondait l'implacable réalité.

Jamais... Sous l'influence du mot terrible Raymond se sentit frissonner comme si la Mort lui était tout à coup apparue. Demain tout serait fini et pour toujours. Le sang lui affluait au cerveau, lui martelait les tempes et dans sa poitrine son cœur battait à se rompre. Il eut un éblouissement et dans un élan de superbe et irrésistible passion, il prit la tête de Lucile entre ses mains et il lui mit sur les lèvres un baiser de flamme, premier baiser d'amour dont la morsure fit tressaillir la jeune fille jusqu'au plus profond de son être.

— Lucile... ma femme ! je t'adore...

Lucile, tremblante et sentant sa vie s'en aller voulut vainement réunir ce qui lui restait de forces dans un effort capable de l'arracher aux bras de Raymond.

— Raymond... mon bien-aimé... murmurait-elle, je vous en supplie, laissez-moi...

Elle pleurait et l'étreinte de Raymond tout en se faisant plus douce n'en était pas moins sûre ; il continuait son cantique d'amour plus vibrant, plus tendre et plus ensorceleur.

— Lucile, mon amour...

Et ce *leitmotive* qui revenait après chaque strophe et qui contenait à lui seul plus de passion que le chant tout entier, résonnait aux oreilles de la jeune fille comme une musique divine apportant avec elle l'extase et l'oubli.

L'étreinte se resserra sans qu'elle s'en rendit compte, les lèvres de l'ami pour la seconde fois s'approchèrent des siennes et bientôt un double cri, cri de triomphe et de bonheur, hosanna d'hymenée, retentit dans la nuit et épandit dans l'air son vol comme une traînée de parfum...

Tout au faîte de l'arbre touffu, le rossignol déroulait à plein gosier les trilles éperdues de l'alleluia d'amour...

II

LE PÈRE

« La nature nous appelle, elle nous fait entrevoir la terre promise et, au moment où nous allons l'atteindre elle nous rejette dans l'universelle douleur humaine. »

Ces paroles qu'avait prononcées Raymond Bellière, un soir d'été, dans le parc de Kerven allaient une fois de plus montrer combien elles étaient inéluctablement vraies.

Lorsque Lucile retrouva sa raison et qu'elle mesura toute l'étendue de la faute quelle avait commise aux yeux de la morale sociale, en suivant, en digne fille d'Eve, la bonne loi naturelle, la loi d'amour, elle eut honte et, s'arrachant des bras de Raymond et le maudissant elle sanglota longtemps, longtemps...

Ils se séparèrent... pour toujours croyaient-ils ; mais à peine séparés depuis quelques heures, ils constatèrent les ravages que leur passion avait fait dans leur cœur et c'est alors qu'ils comprirent que nul dévouement, nul sacrifice, nulle convention ne pourrait faire que cette séparation soit éternelle comme ils se l'étaient promis.

Roland de Goussé, à mesure qu'approchait l'instant où il allait faire de Lucile sa femme, multipliait auprès elle ses preuves de tendresse, teintées toutefois d'un peu de mélancolie car il s'était bien aperçu que Lucile ne lui témoignait pas la même affection et qu'il y avait un coin de son âme fugace qui lui échappait.

Le mariage devait avoir lieu à Paris, et les préparatifs en étaient terminés lorsqu'arriva le père de Roland, le vieux marquis de Goussé, un gentilhomme campagnard de la vielle école qui depuis vingt ans restait terré dans le magnifique domaine qu'il possédait près de Bourganeuf, dans la Creuse. Roland était fils unique et il l'adorait ; pour la circonstance il avait consenti à se dévêtir quelque peu de cette misanthropie qu'il arborait orgueilleusement et à reprendre contact avec le monde, sa pompe et ses œuvres.

C'est à ce moment qu'une catastrophe terrible se produisit et que la Nature châtia cruellement Lucile pour lui avoir trop fidèlement obéi : quelques jours après le mariage elle s'aperçut qu'elle allait être mère...

Un instant, la malheureuse songea au suicide ; la tendresse filiale seule la sauva et lui donna une seconde fois le courage nécessaire pour un nouveau et peut-être plus cruel sacrifice. Elle alla se jeter dans les bras de son père, lui avouant sa honte et lui demandant le pardon.

Toutefois, dans son malheur, le pardon de Roland auquel elle ne pouvait croire, lui fut un réconfort. En effet, son amour pour elle était si grand et si exclusif qu'il fit taire la douleur qui tout d'abord lui broya le cœur lorsqu'il vit ses plus chers espoirs détruits ; il n'eut pas la force de reprendre sa parole : il fit le beau geste de miséricorde et il pardonna la minute de folie avec d'autant plus de joie que Lucile, vaincue par tant de générosité, venait enfin de lui crier sa reconnaissance et de lui jurer qu'elle essayerait de racheter sa faute par toute une vie de tendresse et de dévouement. Et elle était sincère alors...

Le coup porté au banquier Morange par un tel événement avait été terrible et le pardon de Roland ainsi que l'arrangement de ses affaires n'en purent atténuer les effets ; le mal avait été fait, et la maladie dont il souffrait depuis longtemps s'était subitement aggravée. Un mois après le mariage de Lucile, il mourut. Le sacrifice de sa fille avait été inutile...

Aussitôt, Roland emmena sa femme à l'étranger et pendant trois ans ils parcoururent le monde en tous sens. Si Roland s'était ainsi lancé dans une telle existence de mouvement et de fièvre, c'était avec inten-

tion, afin que sa chère Lucile pût trouver le définitif
oubli parmi les horizons changeants, si cela était
possible ; car il lui arrivait souvent de surprendre
avec angoisse sa femme le regard perdu sur quelque
vision fugitive et lointaine sur quelque fantôme peut-
être d'un bonheur perdu...

Il n'osait pas l'interroger dans ces moments là :
il aurait eu peur de savoir.

Un enfant leur était né, qui devait être aux yeux
du monde le fils de Roland. Ce dernier du reste l'aima
comme son fils et cet enfant fut comme le vivant
tombeau au fond duquel devait rester éternellement
enfoui le terrible secret.

Enfin ils revinrent en France, dans leur château
de Bourganeuf qu'habitait toujours le marquis de
Goussé. A peine arrivée, une autre épreuve attendait
Lucile. Un matin son mari vint lui dire qu'il avait
retrouvé son ami d'autrefois, celui qu'il aimait à
l'égal d'un frère, Raymond Bellière, maintenant célè-
bre et riche.

— Je l'ai invité à venir nous voir la semaine prochaine dit Roland et j'ai l'intention d'organiser en
son honneur une grande chasse avec Gérard et quelques autres amis... mais qu'as-tu donc ? s'écria-t-il,
inquiet, en remarquant le trouble étrange qui venait
de s'emparer subitement de Lucile.

La jeune femme en effet était devenue toute pâle
et elle s'appuyait au dossier d'un fauteuil comme
si elle eut senti ses forces l'abandonner.

—Oh !... rien, fit-elle ; un léger étourdissement,

il ne faut pas y faire attention, ce ne sera rien.

Quand son mari fut parti elle se laissa tomber sur un siège en murmurant : Lui !...

Elle eut un instant la pensée de dire à son mari qu'elle désirait repartir en voyage, mais elle abandonna vite cette idée car elle comprit combien paraîtrait étrange une telle résolution dans un pareil moment. Elle recula également devant la pensée de tout avouer; elle n'osait pas; elle tremblait pour celui qu'elle aimait toujours... Non, il lui fallait bon gré mal gré reprendre contact avec un passé qu'elle croyait mort et qu'elle n'avait pu oublier. En vain essaya-t-elle d'appeler la raison, le devoir à son aide pour étouffer un sentiment qui ne devait finir qu'avec elle-même ; tout ce qu'elle crut pouvoir se promettre ce fut de rester maîtresse d'elle lorsqu'elle se retrouverait en présence de ce passé terrible et si cher, et de ne pas succomber une seconde fois.

Il vint... Oh ! combien il était changé du Raymond qu'elle avait connu aux heures de passion. Ces trois années d'absence avaient été pour lui trois années d'épreuve et de souffrance qui avaient imprimé leurs stigmates sur cette physionomie énergique et tourmentée, et dès, le début, Lucile lui fut reconnaissante d'avoir tant souffert pour elle et par elle.

Par exemple, il avait dans le regard d'un bleu d'acier quelque chose de fixe, d'étrange, qu'elle n'y avait jamais vu jadis et qui l'effrayait, et cela accentuait encore l'expression de passion ardente, presque fatale, qui émanait de tout son être.

— Oh ! pourquoi, pourquoi êtes-vous venu Raymond ! lui murmura-t-elle tout bas, dès qu'elle se rencontra avec lui.

— Pourquoi ? Autant demander pourquoi le voyageur perdu dans le désert se jette sur l'oasis inattendu qui doit lui sauver la vie, pourquoi l'incrédule, devant l'effroi de la tombe, sent monter de son cœur à ses lèvres la prière oubliée... Je suis venu vers vous malgré moi, instinctivement, subissant l'irrésistible impulsion qui dirige toute créature humaine vers le bonheur !

— Le bonheur !... pauvre ami ! Ne serait-ce pas plutôt le malheur qu'il faudrait dire et ne serait-ce pas un affreux malheur, en effet, que de ressusciter un passé qui ne doit pas sortir de la tombe où il repose ?

— Lucile !...

— Non, mon ami, croyez-moi partez, partez pour ne plus revenir, cette fois.

— Sans revoir notre enfant, mon enfant, Lucile ? interrompit Raymond.

La jeune femme tressaillit.

— C'est vrai, fit-elle, je n'ai pas le droit de vous chasser ; vous êtes, en effet, le maître, le seul maître de mon corps et de mon âme et de mon bonheur aussi, de par la volonté de Dieu !...

Un sourire désespéré courut sur les lèvres de Raymond.

— Soyez tranquille, Lucile, je n'abuserai pas d'un pouvoir que vous exagérez beaucoup car je sais bien que je ne puis plus rien sur vôtre âme et encore moins sur votre corps. Ne craignez rien, je n'ai pas non plus l'intention de troubler ce bonheur auquel, je le comprends, vous tenez beaucoup. Non, il y a assez d'un malheureux dans tout ceci ; tout ce que je vous demande c'est de me laisser voir une minute mon enfant, c'est de m'accorder cette grâce qu'on ne refuse pas au criminel. Ensuite, je partirai pour toujours, je vous le jure !

Lucile, très pâle, regarda un instant Raymond, elle ouvrit la bouche comme si elle allait parler et Raymond, anxieux, le corps incliné en avant, attendait le mot qu'il espérait entendre sortir de ses lèvres et qui devait être son arrêt de vie ou de mort. Mais elle faiblit, et se laissant tomber sur une chaise elle se couvrit la figure de ses deux mains et sanglota désespérément.

Raymond s'était agenouillé devant elle.

— Lucile, ma Lucile, murmurait-il, je suis heureux, oh oui, bien heureux car je sais maintenant que tu m'aimes encore, que tu m'aimes toujours. Cela suffit. Je vais partir comme tu me l'ordonnes, je vais te laisser seule à l'amour de notre enfant et tu n'entendras plus jamais parler de moi. Notre enfant... je vais le perdre et le donner à la tendresse d'un autre, pour toujours... si cela doit me tuer, personne n'en saura rien...

— Si, Monsieur, quelqu'un le saura, fit une voix derrière lui.

Raymond se releva brusquement, et, se retournant, il se trouva face à face avec Roland qu'il n'avait pas entendu venir.

Instinctivement il recula et, parvenant à dominer l'émotion qui le serrait à la gorge :

— Roland je... je suis à vos ordres, murmura-t-il.

Roland sourit amèrement.

— Vous vous trompez, M. Bellière, fit-il, d'une voix où il y avait peut-être plus de tristesse que de colère. Quoique je connaisse maintenant le dernier mot de l'énigme que j'aurais voulu ignorer toujours, je ne puis malheureusement lui donner la solution que vous me proposez et qui est, en effet, la seule qui conviendrait.

— Et pourquoi donc ?

Roland, d'un geste empreint d'un peu de lassitude montra la chambre où dormait, d'un sommeil calme et pur, le petit Raoul, l'enfant de Lucile, l'enfant de l'amour... leur enfant à tous les trois...

— A cause de lui ! murmura-t-il, et son bras retomba lourdement le long de son corps, tandis qu'une larme, la première peut-être, roulait sur sa joue pâlie.

Raymond courba la tête.

— A cause lui, et à cause d'elle, ajouta-t-il en désignant Lucile qui s'était évanouie à l'entrée de son mari ; il faut éviter le scandale, aux yeux du monde il est mon fils et il restera toujours mon fils et peut-être est-ce bien qu'il en soit ainsi, car qui sait Raymond, si je ne les aime pas tous deux autant que vous...

Comme malgré lui, obéissant à un geste plein de fierté digne que fit Roland, Raymond se retira.

Roland, resté seul dans l'appartement que la nuit déjà emplissait d'ombres, s'agenouilla aux pieds de Lucile toujours évanouie et prenant une de ses mains qu'elle abandonna, il y laissa traîner un long baiser en murmurant entre deux sanglots :

— Lucile... ma pauvre Lucile !

III

UN DRAME DANS LA FORET

Il y avait grand remue ménage ce jour-là, dans la maison du garde-chasse de Roland, le père Lantelme comme on l'appelait; depuis deux jours ce brave homme geignait sur son lit en train de se guérir d'une blessure faite par le plomb d'un dangereux braconnier qu'il cherchait depuis longtemps et qu'il avait fini par dénicher, pour son malheur; la blessure n'était heureusement pas mortelle.

Il habitait avec sa femme Gertrude, sa fille Marie et son fils Jean — un grand paresseux bon à rien — une gentille maisonnette que le marquis de Goussé avait jadis fait construire pour eux au milieu de la forêt, et on y attendait cet après-midi là, la chasse organisée par Roland le matin.

— Marie, fit la mère Gertrude assise dans un grand fauteuil auprès de son mari, ouvre la croisée ; on étouffe. Cette maison est pourtant cachée sous les arbres, dans le plus épais du bois mais ce soleil est si brûlant que sa chaleur pénètre partout,

— Je ne comprends pas, mère, fit Marie que la chasse ne soit pas encore venue se reposer une heure ou deux ; on nous avait fait prévenir cependant.

— Oui, mais ce retard ne m'étonne pas, étant donné que c'est notre jeune maître, M. Roland qui la conduit. Une fois en campagne, lui, il s'arrête rarement ; à son âge, le plaisir fait oublier la fatigue. Je t'assure qu'il n'a pas encore fait si chaud qu'aujourd'hui.

— Veux tu que j'approche ton fauteuil de la croisée, tu auras plus d'air ?

— Merci petite ; ah ! tu as bien soin de moi. Tu me tiens lieu de toute ma famille qui était si nombreuse, et je n'ai plus que toi.

— Et mon frère Jean ; vous le comptez pour rien donc ?

— Oh ! lui, il n'a jamais voulu me quitter, c'est vrai ; il a grandi dans la maison, au coin du feu... sans se déranger, mais il ne nous sert pas à grand chose. M. le marquis de Goussé, le père de M. Roland, qui est si bon, et qui nous a toujours obligés, a voulu s'intéresser à lui et le lancer ; bah ! impossible de le remuer jamais.

Un bruit de pas faisant craquer les feuilles interrompit la mère Gertrude.

— C'est M. Roland peut-être, fit Marie en s'avançant sur le seuil de la porte ; non, un étranger...

Un homme en costume de chasse, un fusil à la main, s'avançait, en effet, vers la maison du garde-chasse. Il paraissait très agité.

— Entrez, Monsieur, fit Gertrude qui s'était levée; vous êtes fatigué, n'est-ce pas? reposez-vous un instant; vous devez avoir soif. Marie, du vin et des fruits.

— Merci, fit le chasseur, je ne m'arrêterai pas. Depuis peu de jours seulement au château de M. le marquis de Goussé, je ne connais pas les détours de cette forêt et je m'y suis perdu. N'avez-vous pas un guide à me donner jusqu'à la lisière du bois?

— Si Monsieur voulait attendre un moment, fit Gertrude, il serait certainement rejoint par quelques-uns de ses compagnons de chasse.

— Non, vous dis-je, j'ai besoin d'un guide... dépêchez-vous je vous en prie...

— Alors je vais appeler mon fils Jean qui connaît la forêt comme je. connais mon jardin; il vous conduira.

Mais Jean faisait sa sieste et c'était là une opération des plus importantes dans sa vie, et qu'il n'avait garde d'oublier. Ce ne fut qu'à la suite d'appels réitérés qu'il se décida à répondre.

— Qu'est-ce qu'il y a? demanda-t-il de la place qu'il occupait.

— On te demande, on a besoin de toi, viens vite...

— Bon, j'y vais...

Mais la mère Gertrude qui était fixée sur la rapidité avec laquelle il allait obéir, envoya sa fille au devant de lui.

Le chasseur, qui n'était autre que Raymond Bellière resta assis sur le bras d'un fauteuil où il s'était
appuyé en entrant.

— Monsieur n'est pas habitué à chasser ainsi toute
une journée, demanda Gertrude ; dame ! c'est fatigant ; il s'est trouvé séparé des autres et il voudrait
retourner au château ?

— Non.

— A Bourganeuf, alors ?

— Peut-être, fit Raymond qui paraissait de plus en
plus préoccupé.

— C'est que, pour conduire Monsieur, il est essen-
tiel que nous sachions où il veut aller.

— Dites-moi, fit Raymond qui semblait suivre une
idée et qui n'écoutait pas la mère Gertrude, les
chasseurs ont-ils passé de ce côté ?

— Pas encore, mais ils ne peuvent tarder.

— Et ils s'arrêtent ici ?

— C'est probable.

Raymond resta un instant silencieux, puis comme
s'il se parlait à lui-même :

— Allons, je ne pourrai plus les quitter ! murmura-
t-il. Il faut que je m'éloigne cependant... que je m'éloigne de ce bois où toutes les pensées sont sinistres...

Puis, s'adressant à la femme du garde-chasse.

— Votre fils ne vient pas ? demanda-t-il.

— Le voilà, Jean ! Jean !

— Ah ! il tarde vraiment trop, s'écria Raymond en
prenant son fusil d'un mouvement nerveux, je ne
puis attendre, je n'ai besoin de personne.

Et, jetant un louis sur la table :

— Voilà pour votre hospitalité, merci.

Puis il partit précipitamment.

— Monsieur ! s'écria Gertrude en sortant derrière lui, mais vous vous perdrez... il est déjà loin ; tant pis ; un louis !... Voyez ce paresseux de Jean ; il en eut peut-être gagné deux comme ça. Mais non, il ne vient pas... Ah ! il faut absolument que je prenne un parti.

Au même moment, Jean faisait enfin son apparition à l'orée du bois. Il ne se pressait pas outre mesure.

— Ouf ! fit-il, vous m'avez éveillé en sursaut ! Où est-il, cet étranger ?

— Il est loin, maintenant, répondit Gertrude avec humeur.

— Ah ! que son patron le conduise alors. Par la chaleur qu'il fait, ça m'arrange.

Gertrude lui montra alors la pièce d'or.

— Tiens, voilà ce qu'il nous a laissé, dit-elle. Tu aurais pu en avoir autant pour ta peine. Ecoute Jean, je suis lasse de te voir manquer toutes les occasions de nous être utiles. Nous sommes pauvres et tu ne fais rien pour contribuer à ta part d'existence. Tu m'as toujours dit que tu m'aimais trop pour me quitter, mais je ne peux pas te nourrir éternellement à ne rien faire. Il est temps que ça finisse. Aujourd'hui même nous verrons M. le Marquis ; je te recommanderai à lui et demain, s'il le faut, tu partiras.

— Me chasser ! s'écria Jean... Ah ! un moment ! tu

arranges comme ça ma destinée à toi toute seule ; mais je suis d'âge à m'en mêler, ce me semble, et, d'abord je ne partirai pas.

— Tu partiras si je le veux.

— Du tout. Qu'est-ce que c'est donc que ces idées-là ? Comment ! je suis ici bien tranquille... je ne dis rien... je ne fais rien... je te laisse gronder dix heures sur douze et quand je me suis fait par la force de l'habitude un petit paradis de ce purgatoire, tu me mets dehors en me disant : « marche, on te poussera. » Je ne veux pas marcher, moi, je ne veux pas qu'on me pousse. Je resterai sous le toit paternel, près du foyer paternel, dans le fauteuil paternel.

— Jean, tu me feras perdre patience...

Puis, avec plus de douceur.

— Voyons, Jean, sois raisonnable ; tu as trente ans, mon garçon, il est temps de prendre un état.

— Voilà dix ans que tu me dis ça. Pardieu ! j'y pense tous les jours, mais il faut que j'en trouve un qui m'aille.

Gertrude se mit à rire.

— Tu en as trouvé vingt, dit-elle. Pourquoi n'as-tu pas été soldat comme ton frère Maurice. A sa première affaire, au Tonkin, il fut fait sergent.

— Et tué à la seconde. C'est cet état-là que vous me proposez ? il ne me va pas.

— Tu aurais pu être marin, comme Louis, le fils de la Bertrande, la ravaudeuse, que tu as connu.

— Oui, et je me serais noyé comme lui. Il est gentil encore cet état-là. Ça n'a pas de bon sens de proposer des professions pareilles.

— Mais que veux-tu faire alors?

— Ce que je fais... attendre. Je ne sais pas pourquoi tu te tourmentes comme ça, moi. Tout homme a dans la vie une occasion de faire sa fortune, le tout est de ne pas donner à côté, de la saisir. Sois tranquille, elle se présentera pour moi comme pour les autres. Je suis sûr que je trouverai quelque bon emploi commode, qui se fera tout seul... Il suffit pour cela d'une occasion, d'un hasard... il ne faut pas se presser dans la vie... et en attendant cette fortune, qui ne peut manquer d'arriver je m'occupe auprès de toi; car, en vérité, si on t'écoutait, on pourrait croire...

— Tu t'occupes? et à quoi?

— A te regarder filer... et ce n'est pas toujours très gai, à fendre ton bois et c'est très fatigant. Ne t'inquiète donc pas; un peu de patience. Le mieux est l'ennemi du bien a dit un sage, je ne sais plus lequel... nous sommes bien, ne bougeons pas et attendons.

— Ne bougeons pas... oui, c'est ton refrain. Aujourd'hui, par exemple, tous les paysans des environs battent le bois pour aider la chasse. Il leur en reviendra quelque chose. Toi, tu n'y penses seulement pas.

— J'y vais justement... Ah! qu'est-ce que tu as à dire? Tu vois bien que je fais tout ce que tu veux. Mais si je partais tu n'aurais plus personne à gronder; pense donc à ça; tu vivrais vingt ans de moins, bonne mère; et puis je ne t'embrasserai pas tous les jours... Eh! mon Dieu! tu as beau te fâcher, je te connais, va. Je sais bien ce qu'il te faut... et à moi aussi.

— Il fait de moi ce qu'il veut, murmura Gertrude quand il fut parti ; mais c'est égal, ça finira, et si je peux lui trouver une place...

Elle fut interrompue par l'arrivée de sa fille Marie qui arrivait en courant ; celle-ci toute essoufflée lui dit qu'elle venait d'apercevoir le marquis de Goussé qui se dirigeait de leur côté avec son fils. Aussitôt ce fut un remue-ménage dans la maison, car le marquis et son fils Roland étaient adorés de leur garde-chasse, dont ils avaient été et étaient encore les bienfaiteurs; tout fut mis en ordre et préparé pour leur rendre le plus agréable possible le moment de repos qu'ils allaient sans doute prendre.

— Bonjour, Gertrude, fit le marquis en arrivant, je ne suis pas fâché de faire halte quelques instants. Toujours alerte, Gertrude, toujours courageuse...

— Votre servante, Monsieur le marquis et toujours heureuse quand j'ai l'honneur de vous recevoir, vous, ou notre maître M. Roland.

Marie s'avança et débarrassa le marquis et Roland de leur chapeau et de leur fusil. En s'approchant de Roland elle ne put s'empêcher de remarquer son air triste et soucieux et elle en fit tout bas la remarque à sa mère.

— Nous les gênons peut-être, murmura Gertrude. Viens...

Et s'adressant aux chasseurs :

— Messieurs, nous sommes là, dans ma chambre.

— Eh bien, tu ne t'assieds pas un moment? fit le marquis de Goussé en s'adressant à son fils, quand il fut seul avec lui.

Roland ne sembla pas avoir entendu et il resta immobile le regard perdu sur la forêt qui étendait sa masse sombre devant la maisonnette du garde.

Alors il alla à lui et, lui frappant sur l'épaule :

— Roland, au milieu des préparatifs d'hier et du bruit d'aujourd'hui nous n'avons pu causer tous deux comme je l'aurais voulu. Nous voici seuls enfin. N'as-tu rien à me dire?

— Rien, mon père, fit Roland.

— Ainsi, cette agitation convulsive, aussi inattendue qu'étrange, cette mélancolie dont rien ne peut te distraire depuis deux jours n'ont pas de cause réelle?

— Aucune qui puisse vous alarmer, du moins.

— Ils se trompent comme moi alors ceux qui pensent que pour une aussi grande tristesse il faut un malheur bien grand.

— Ah! c'est parce qu'on m'a vu préoccupé qu'on croit que j'ai dans le cœur un secret que je cache et on voudrait le connaître... Un secret! lequel, mon Dieu? Je n'en ai pas.

— J'ai vainement tenté de le deviner, reprit le marquis de Goussé après un instant de silence. Toi, triste et soucieux? Et que te manque-t-il donc? Après une série de voyages tous plus agréables et mouvementés les uns que les autres tu t'es retiré dans mon château afin de goûter ton bonheur en liberté, dans le calme et le repos. Tu as à tes côtés une femme jeune et belle que ton cœur a choisie, Lucile, un ange; ton enfant, ton petit Raoul, qui accourt déjà au devant toi, qui pleure lorsque tu n'es pas là, que tu aimes avec idolâtrie; ton père, dont tu es l'unique pensée; et comme si ce n'était pas assez de toutes ces affections, tu as retrouvé ton ancien ami d'enfance, celui que tu nommais jadis ton frère, qui est ici depuis huit jours et que tu retiendras longtemps sans doute. Roland, apprends-moi comment, entouré de tout ce qui t'aime, de tout ce qui t'es cher, le malheur a pu venir jusqu'à toi.

— Mais, mon pauvre père, s'écria Roland, qui vous dit que je suis malheureux? Cette tristesse que vous croyez remarquer chez moi, n'est que passagère, si toutefois elle existe et elle disparaîtra aussi rapidement qu'elle est venue. Il arrive à tout le monde d'avoir des instants de préoccupation...

Le marquis de Goussé hocha la tête.

— Non, fit-il tristement; un père ne s'y trompe pas, vois-tu; cette tristesse paraît trop profonde pour que la cause n'en soit sérieuse; crois-moi, mon enfant, donne-moi toute ta confiance, et s'il est un secret qui empoisonne ton bonheur ne le renferme pas au fond de ta pensée; laisse-moi porter la moitié du fardeau, il te paraîtra moins lourd, mon Roland bien aimé.

Le vieux marquis avait pris les mains de son fils et il plongeait son regard dans le sien; Roland détourna les yeux, comme si ce regard lui eut causé un involontaire malaise et ce fut avec effort qu'il répondit :

— Croyez-moi, père, vous avez ma confiance tout
entière ; du reste, vous ai-je jamais rien caché ? Si
vous aviez deviné juste, il y a longtemps que je vous
aurais dit : je souffre, il y a au fond de mon cœur un
tourment qui le ronge ; au risque de troubler à jamais
votre repos, je vous aurais tout avoué, avec désespoir, en pleurant ; quelle folie ! il n'y a rien de réel
là-dedans. Je suis calme et je suis heureux...

A cet instant il fut interrompu par un bruit de voix
venant du dehors.

— Vous ne nous échapperez pas ! disait l'une d'elles.

Et Gérard, l'un des amis de Roland, fit irruption
dans la maisonnette du garde suivi de deux ou trois
autres chasseurs. Il tenait Raymond Bellière par le
bras.

— Raymond ! murmura Roland en tressaillant dès
qu'il l'aperçut.

— Mais oui, fit Gérard en riant, le divin maestro
en mal d'harmonie auquel les murmures de la forêt,
les vrais, ne plaisent pas. Il leur préfère sans doute
ceux de *Siegfried*. Il nous abandonnait et nous avons
eu toutes les peines du monde à le ramener. Il s'en
retournait...

— Au château, sans doute, interrompit Roland.

— Non ; à Paris.

— Comment ! s'écria Roland, s'enfuir ainsi, au milieu de la chasse ? sans prendre congé de personne ?
Décidément il faut que ce plaisir ne lui plaise guère
ou qu'il ait été bien malheureux. Cependant son
adresse est proverbiale et son coup d'œil infaillible ;

je vois que la vie de château ne lui plaît pas, en effet, il lui manque ici les chants d'amour et les beaux yeux où il puisse se mirer...

— Ma précipitation peut sembler étrange en effet, fit Raymond visiblement énervé, mais il faut que je sois demain matin à Paris ; j'ai déjà prié ces messieurs de m'excuser et j'allais procéder de même auprès de vous, Roland...

— Diable ! qu'elle affaire si pressante vous y appelle ?

— Des préparatifs à faire... une pièce qui entre en répétition demain et à laquelle je dois faire quelques modifications. Je viens de recevoir un télégramme de mon directeur qui me prend au dépourvu, ce qui explique pourquoi je ne vous ai pas averti.

Profitant d'un moment où les chasseurs étaient occupés à se faire servir à boire et bavardaient joyeusement, Roland entraîna son ami un peu à l'écart :

— Sais-tu pourquoi je tiens à ce que tu restes ? lui dit-il à voix basse, avec une flamme dans le regard.

— Roland !...

— Pour que tu souffres davantage encore... tu serais resté, n'est-ce pas, si je n'avais pas surpris votre conversation, hier, et si j'avais continué à tout ignorer comme par le passé ; tu aurais continué à te jouer de moi et tu aurais essayé de me tromper, moi, ton ami, moi que tu appelais jadis ton frère. Infâme !

— Roland !

— Oh ! je connais la puissance de l'amour aussi bien que toi ; je sais qu'il faut être indulgent pour ceux qui n'ont pas la force suffisante pour résister à ses entraînements. Aussi, le geste de miséricorde et de pardon, le geste rédempteur, le geste noble et beau entre tous, je l'ai fait une fois dans ma vie et la pauvre victime — la tienne — que j'ai consolée, m'en a gardé, je le sais, une reconnaissance éternelle. Toi, tu n'as pas d'excuses... Tu l'aimes, n'est-ce pas ? mais sans espoir car je ne la quitterai pas... Elle est à moi... Oh ! c'est un supplice aussi !... .

— Par pitié, murmura Raymond, très pâle, ne me retiens pas !...

— Tu resteras, te dis-je...

Et, revenant vers ses amis.

— Messieurs, c'est demain fête au château ; c'est demain l'anniversaire de mon mariage, Raymond passera cette journée au milieu de nous, il me l'a promis. Au moment de nous séparer, pour longtemps peut-être, il veut être encore une fois témoin de mon bonheur ; il veut conduire Lucilé à la chapelle.

— Assez ! murmura Raymond à l'oreille de son ami. Oh ! pourquoi m'ont-ils ramené, mon Dieu !

— Tu souffriras autant que moi, te dis-je... la matinée a été triste et languissante reprit-il à haute voix ; tâchons de rendre l'après-midi meilleur. En chasse, messieurs !

— Dites-donc, fit Gérard en passant à côté de Raymond, est-ce à vous que nous devons cette gaieté subite ? lui qui paraissait si triste ce matin... dans ce

cas nous sommes heureux de vous avoir retrouvé. Ma parole, on dirait que Roland devient fou...

— Peut-être ! laissa échapper Raymond malgré lui, en s'éloignant.

Gérard resta un instant interloqué.

— Comment peut-être?... Ah ça, il se passe quelque chose d'anormal ici, murmura-t-il. Ma foi !...

Et il disparut à son tour.

Le marquis de Goussé était resté chez le garde-chasse. Après le départ des jeunes gens, il demeura un instant songeur. Les explications de son fils ne l'avaient satisfait qu'à demi et il devinait bien qu'il lui cachait quelque chose, mais cette cause de tourment, il s'efforçait en vain de la trouver. Il avait remarqué le manège des deux jeunes gens tout à l'heure et il crut pouvoir rattacher cette conversation animée, quoique faite à voix basse, à la raison qu'il cherchait; il se promit d'avoir encore une fois une entrevue avec Roland le soir même.

— Vous êtes resté seul, monsieur le marquis? fit Gertrude en rentrant dans la salle.

Le marquis de Goussé se laissa tomber dans le grand fauteuil.

— Ah ! le temps n'est plus où, toujours infatigable, je parcourais le bois avec ton mari. Les années sont venues et avec elles le besoin de repos.

Gertrude crut que c'était le moment où jamais de lui parler de Jean.

Au moment où elle allait ouvrir la bouche, un coup de fusil partit sous bois.

— Ah ! ces messieurs commencent, dit-elle. M. le marquis s'est toujours montré si bon pour nous !

— Moins que je ne l'aurais désiré. J'aurais voulu aussi être utile à vos enfants, mais le sort vous les a enlevés.

— Il m'en reste un, monsieur le marquis,

— Ah ! oui, Jean...

— Le plus jeune de tous, le Benjamin; ce n'est pas à dire pour cela qu'il soit tout petit ; il a eu trente ans à Pâques dernier.

— Pourquoi ne m'avoir jamais rien demandé pour lui ?

— Dam ! je n'osais pas, monsieur le marquis. Et puis j'ai toujours eu de la peine à m'en séparer. Vous savez.... un enfant... le seul qu'on ait.

— Oui... oui... allons, nous tâcherons d'en faire quelque chose. Cette chaleur est accablante en vérité.

— N'est-ce, pas ? C'est ce que je disais ce matin. Alors monsieur le marquis aura la bonté de s'occuper de Jean.

— Oui, ma bonne Gertrude, oui, soit tranquille, fit le marquis dont les paupières se fermaient insensiblement.

— C'est que, je vais vous dire : c'est un garçon un peu indolent, qui ne fait rien, qui ne pense à rien, qui n'est bon à rien... il lui faut un état qui lui convienne parce qu'il ne les aime pas tous.... où il n'y ait pas trop de travail, parce qu'il ne l'aime pas du tout; qui rapporte de l'argent parce qu'il veut faire fortune ; un état enfin comme on n'en trouve pas tous les jours ; mais il y en a à ce qu'il dit. Après ça, une fois poussé, il marchera et je mourrai contente.

Le marquis de Goussé avait tout à fait fermé les yeux.

— Tiens, monsieur le marquis s'endort... C'est égal il s'occupera de Jean ; il l'a promis.

Marie entra à cet instant.

— Va doucement, petite, lui dit sa mère en lui montrant M. de Goussé endormi. Pauvre cher homme ! il a voulu suivre la chasse et il est fatigué. Je suis sûre que c'est par complaisance pour son fils qu'il est venu. Il l'aime tant.

La brave femme fut interrompue par l'arrivée de Jean qui fit irruption tout essoufflé dans la maisonnette.

— Ah ! vous voilà, s'écria-t-il.

— Chut ! parle bas, fit Gertrude.

— Je n'ai pas le temps. Embrassez-moi... et adieu.

— Comment adieu !

— Oui.

— Qu'est-ce qu'il t'arrive encore ?

— Je vous dirai ça plus tard.

— Où vas-tu ?

— Je n'en sais rien.

— Qui t'emmène ?...

— Un grand monsieur pâle, auprès duquel je me suis trouvé sans le savoir, auprès d'un buisson... il m'a fait peur ; il m'a demandé s'il y avait longtemps que j'étais là.., je lui ai dit que oui... si j'appartenais à la chasse... je lui ai dit que non. Alors il a ajouté que je ne le quitterais plus, puis il m'a mis dans la main ces deux pièces d'or, une pour vous, l'autre pour moi... nous partageons... adieu !

— Attends ! voyons...

— Ah bien oui ! il ne voulait même pas me permettre d'entrer ici; mais je ne serais pas parti sans vous revoir, Marie et toi. Allons, dépêchons et embrassez-moi...

— Ah ! ça, mais, qu'est-ce que tout cela signifie?...

— Vous me vouliez un état, en voilà un Deux pièces d'or pour m'être trouvé à côté de lui... Je crois que j'ai mon affaire.

— Jean !...

— On vient. C'est peut-être mon homme... Je vous enverrai de mes nouvelles... adieu !...

Et il s'enfuit précipitamment.

— Jean ! Jean ! il a complètement perdu la tête, gémit la brave Gertrude.

Mais elle n'était pas au bout de ses émotions. A l'instant où son fils disparaissait au détour du sentier qui conduisait au château, un chasseur, les vêtements en désordre, les traits décomposés, surgissait du côté opposé.

— Où est-il ? Le marquis de Goussé... où est-il ? cria-t-il d'une voix oppressée. Vite...

— Chut ! prenez garde... fit Marie, il dort...

— Il dort... Ah ! tant mieux : au fait je n'aurais pas su comment lui annoncer subitement cette horrible chose !..

— Qu'y a-t-il ?

— Son fils, Roland…

— Eh bien ?

— Vient de se tuer !

— Grand Dieu !…

— Nous l'avons trouvé baigné dans son sang. Il ne respirait plus… l'arme fatale était près de lui. Il s'est tué volontairement le malheureux ! Et son malheureux père.

— Oh ! ne l'éveillez pas, supplia Gertrude qui était sur le point de se trouver mal, il en mourrait…

— Et pourtant, comment lui cacher l'horrible malheur ? Les autres vont venir… Il dort, très calme… et quel réveil… pauvre, pauvre vieux !…

DEUXIÈME PARTIE

IV

Une année après la mort tragique de Roland, Raymond épousait sa chère Lucile.

Aussitôt après les obsèques, Raymond était revenu à Paris, tandis que Lucile demeurait le temps de son veuvage au château avec son beau-père : mais il ne se passait pas un jour sans qu'une correspondance fut échangée entre eux, correspondance passionnée qu'ils ne cessaient de lire que lorsque les termes en étaient gravés dans leur mémoire.

Lucile avait eu pour Roland sinon de l'amour — elle ne pouvait pas — mais elle lui avait gardé, du moins, pour son dévouement et son abnégation, une reconnaissance et une gratitude infinies. Mais le temps marche, qui emporte toute chose et dont l'àile effeuille et fauche, sur leur tige humainement frêle, les souvenirs de tristesse plus vite encore que les souvenirs d'amour. C'est la loi éternelle que les vivants oublient les morts...

Lucile, lorsqu'elle vint à Paris, voulut emmener le marquis de Goussé avec elle, afin de l'arracher à la douleur qui le possédait : il refusa, préférant terminer sa vie dans la solitude où chaque objet, chaque chose lui rappelait le fils chéri que la mort impitoyable lui avait pris. Il fut presque heureux en apprenant le projet de mariage de Lucile avec le meilleur ami de Roland ; de la sorte, croyait-il, il y aurait sur terre deux âmes de plus en lesquelles son souvenir demeurerait profondément gravé.

Ah ! l'année qui suivit !... elle passa devant Lucile comme une vision d'apothéose ! Elle la vécut dans un rêve, éblouie et charmée ; les heures les jours passaient, rapides et Lucile marchait de ravissements en ravissements, grisée par l'amour tout puissant de celui qu'elle avait sacrifié autrefois, qui avait tant souffert pour elle et que la destinée lui donnait enfin pour la vie ; elle ne croyait pas avoir, au fond du cœur, suffisamment d'adoration et de dévouement pour lui faire oublier les années d'épreuves qu'elle lui avaient infligées jadis. Elle se trompait. Raymond les oublia le jour où elle fut à lui.

Aussitôt la célébration du mariage, au lieu de cacher leur bonheur dans quelque coin isolé et perdu, ils s'étaient enfuis, comme si, d'un commun accord, ils eussent éprouvé le besoin de transporter leur amour dans une atmosphère de mouvement et de fièvre et comme s'ils eussent craint l'isolement et le silence... Ils étaient partis en Italie, que Lucile ne connaissait pas, et, dans l'express qui les emportait, la jeune femme se reportant à trois années en arrière, songeait que dans des circonstances semblables elle avait fui de même pour échapper aux souvenirs avec celui dont elle se rappelait le dévouement, certes, mais dont elle avait oublié l'amour...

Tout d'abord ils firent halte quelques jours sur le littoral méditerranéen, dans ce vaste jardin qui s'étend presque sans interruption sur toute la longueur de la Corniche, paradis terrestre retrouvé, où l'homme est rentré avec les misères de la chute; rendez-vous des heureux; délices des rêveurs, nids des amoureux, mais aussi dernier refuge des moribonds; échos qui répercutent le tumulte joyeux des fêtes, l'inspiration des poètes, le bruit étouffé des baisers, la plainte de ceux que l'espoir abandonne

Dans les mille formes qu'y revêt le plaisir, dans l'azur du ciel que rien ne trouble, dans les vagues irisées d'argent, dans le parfum grisant des orangers en fleur, dans la perpétuelle caresse du souffle doux qui vient du large, la vie prend une intensité inconnue ailleurs. Les heureux s'y affolent dans le tourbillon effréné des jouissances, ceux qui pensent voient leurs idées s'élargir devant ce merveilleux horizon, ceux qui aiment sentent se glisser dans leur cœur les rayons de ce brillant soleil qui semble garder pour ce coin privilégié ses plus chaudes caresses; ceux qui vont mourir lui demandent quelques jours encore et, endormis plus doucement, emportent dans leurs yeux fermés un coin de ce ciel bleu.

Mais ils ne demeurèrent pas longtemps sur la côte

d'azur; leur amour était mal à l'aise dans cette atmosphère de fièvre et de plaisir. Un peu plus loin, ils devaient trouver le même ciel, plus de calme et des beautés uniques au monde.

A Gênes, leur seconde étape, ils s'adorèrent dans leur chair et passèrent des jours de langueur dans leur chambre close. Parfois Lucile fermait les volets pour que le bleu intense du ciel ne vint pas les distraire de sensations plus vives, parfois Raymond voulait voir jouer la lumière sur sa peau blonde. Point de lectures, ils ignoraient les journaux, ne recevaient pas de lettres ; ils appartenaient à la passion, elle les enveloppait d'une brume voluptueuse, les isolait, leur rendait invisible tout ce qui n'était pas eux et la joie de s'aimer.

Lucile se voulait harmonieuse sous ce ciel d'or et de langueur, elle savait que son charme émanait non des traits ou des formes classiques, mais d'une concordance exquise de son être moral avec son être physique ; et elle soulignait cet accord par le choix des tissus et des coupes. La fragilité des épaules, des bras et des mains disait la tendresse câline plus que les fauves étreintes. Alors elle s'habillait d'étoffes souples aux nuances pâles. Elle entourait son cou de dentelles, de ruches, de mousselines froufroutantes. Les corsages vagues retombaient en ondulant sur la ceinture qui serrait sa taille mince, une ceinture d'argent sur des robes de laine grise, et ce petit ruban de métal suffisait à retenir, ravis, les yeux de Raymond.

Son teint aussi lui était une surprise ; elle en aima les grâces multiples dès que son mari les lui eut fait connaître. Sa paleur prenait mille nuances, tour à tour rosée, ou doucement ambrée, ou laiteuse ou d'un ton de perle — une perle blonde, avait dit Raymond. Et de fait sa peau fine s'irisait comme la nacre, décelant en un jeu délicat de lumières les agitations de son âme mobile, troublée à cette heure de sa vie par tant de sensations obscures et vives.

Dans les vastes caravansérails cosmopolites où ils évoluaient, ils ne s'occupaient guère de leurs voisins et de leurs faits et gestes. Tous deux s'étaient créé un domaine sentimental inaccessible aux profanes ; ils y réfugiaient leur pensée, leur désir, échappant ainsi aux propos vulgaires qui s'échangeaient autour d'eux.

Quand ils étaient las de volupté, elle s'asseyait à ses pieds et demeurait des minutes ou des heures, immobile, à l'écouter vivre... Ils se chérissaient alors presque chastement, leurs lèvres ne se cherchaient plus, mais chacun possédait la pensée de l'autre ; leur âme s'ouvrait à l'illusion, se berçait de rêves puérils et les rêves étaient féconds en désirs... Alors ils retombaient aux spasmes charnels : le cycle amoureux les entraînait ainsi dans une course sans fin et leur rendait insensible la fuite des jours.

Ils étaient à eux-mêmes le but et l'étape dans ce voyage d'amour ; ensemble ils cheminaient vers l'inaccessible bonheur, leurrés par les fines et délicates joies cueillies au bord de la route.

Jours vides et ineffables ! gammes d'amour, caresses légères, savoureuses étreintes, coupées de rires clairs suggérés par le désarroi de se voir si intimes, alors qu'ils avaient passé trois longues années éloignés l'un de l'autre, et par toutes les maladresses adorables d'une familiarité trop prompte à naître pour ne point parfois déconcerter ! C'étaient de beaux rires et c'étaient aussi de subites mélancolies, chez Raymond surtout, réveil, eut-on dit, de la pensée qui redoute ou qui se souvient...

Après trois années de séparation qui faillirent être éternelles, ils avaient renoué le lien de leur jeunesse et comme au contact de la vie, en ces trois années, leurs âmes étaient devenues plus vibrantes, leurs corps plus exigeants, le poème de leur amour se déployait aujourd'hui en strophes belles et ingénieuses.

Lucile s'était révélée une amoureuse déconcertante. Elle avait une façon de marcher, de s'asseoir, de tourner la tête, d'offrir ses lèvres, qui subjuguait Raymond.

Penchée vers lui ou bien renversée, et les lignes de son corps fin dessinées par le vêtement souple, elle appelait le baiser d'un mouvement de grâce. Blottie contre l'épaule du jeune homme, elle disait de petites phrases câlines, d'une voix rieuse, qui le ravissait. Il semblait avoir complètement oublié le passé et il vivait dans un rêve. Pourtant il avait quelquefois de brusques réveils qui étonnaient et effrayaient un peu Lucile ; parfois, aux heures d'amour ou de méditation — aux heures d'amour surtout — une flamme singulière brillait dans son regard tandis qu'une expression étrange, indéfinissable, d'effroi, eut-on dit, assombrissait sa belle figure ; mais ce nuage passait, rapide, et l'amour en faisait vite oublier le souvenir à Lucile.

Un jour, ils étaient assis à Pegli sur l'extrême pointe des rocs qui ferment la petite plage voisine de Gênes, et ils regardaient la beauté azurée de la mer dont les vagues venaient battre le rocher où ils se trouvaient, ils l'écoutèrent qui chuchotait pour eux. Déserte, elle disait la solitude, et, désert, le ciel la doublait, mais plus pâle. Pas une voile, pas une aile d'oiseau pour tacher ces bleus implacables. Un courant d'amour unit leurs cœurs et fit s'étreindre leurs mains.

Une minute, Raymond fut un être jeune et simple que la présence, que le contact tiède de la femme aimée ravissait. Ses yeux verdâtres, couleur de mer, noyés de douceur, réfléchissaient le délice des souvenirs et des espoirs.

Lucile était silencieuse, charmée par le rythme des vagues crêtées de blanc, mais son cœur se serrait, l'immensité solitaire de la mer et du ciel mettait une angoisse dans son âme, une mélancolie dans sa joie d'amoureuse.

— Ma chérie, murmura Raymond tout près de son visage.

Lucile soupira :

— Notre pauvre amour.

Raymond l'attira ; ils étaient seuls, loin des hôtels et des promeneurs, loin des caravanes de chimpanzés que l'agence Cook promène en liberté à travers le monde, cachés par le roc déchiqueté, crayeux, surgi comme une vague figée des transparences bleues de la mer. Au loin maintenant des voiles blanches ondulaient, ailes neigeuses de quelques gigantesques oiseaux.

Doucement, Raymond la baisa sur tout son visage pâli qui se renversait, s'offrait, s'abandonnait aux baisers. Il le connaissait bien, le joli geste du Lucile, ce choc brusque de la tête blonde sur l'oreiller, comme pâmée, et puis cette immobilité d'attente ou de mort les cils à peine palpitants sur le large cerne des yeux clos. Ce fut une minute d'intense sensation où le rêve cotoya la vie, ou le souvenir se fit réalité. Jamais peut-être ils ne goûtèrent mieux la plénitude de l'amour et ne perçurent plus absolue tendresse montée de leur cœur à leurs lèvres qu'en ce jour de Pégli, sous la féerie soyeuse d'un ciel ardent, auprès du bleu des vagues, grisés par la musique de la mer, par l'odeur voluptueuse qui semblait descendre avec les nappes du soleil, bouches jointes, chair immatérialisée, satisfaite d'un baiser.

Dans cette contrée enchanteresse à laquelle l'été sourit toujours et où chaque ville, chaque coin de la terre évoque la splendeur antique, Lucile finissait par croire que le ciel n'était limpide, la mer mystérieuse, les marbres si blancs, les jardins si fleuris, les oliviers si doucement gris et les cyprès si rêveurs que pour donner à leur amour un décor de tendresse qui en avivait l'intensité.

Elle songeait à cela dans le train qui maintenant les emportait vers Pise. D'un côté de la voie s'étageaient, aux flancs des collines, les orangers trapus et tristes, se massaient les feuillages presque irréels des oliviers, et des fleurs, des fleurs encore, taches distinctes, violentes, sur les gazons des villas aux façades peintes couleur de rose. A droite, la mer bruissante, mousseuse, battait les rocs, comme à Pegli, et se montrait, entre chaque voûte, nappe azurée, paisible au loin, rageuse au bord. Les tunnels se succédaient, innombrables, percés parfois de fenêtres aux capricieuses formes. L'œil, au passage rapide, s'emplissait du bleu marin, l'oreille, au déchirement de la vague, et tout retombait à la nuit, au bruit sourd des wagons en marche. Lucile se rejetait en arrière, les yeux clos, la pensée trépidante. Ainsi pendant des heures.

Après Gênes aux rumeurs vulgaires, la cité morte que coupe l'Arno limoneux et verdâtre, et que ferme un rouge mur d'enceinte crénelé sur la clarté du ciel, la ville du moyen âge figée dans la gloire abolie les avait séduit. Pise fut leur amie.

Un hôtel immense, mais paisible, qui ne s'était point asservi aux exigences modernes et que Raymond et Lucile aimèrent à cause de son pittoresque suranné. On y dînait aux bougies sous des voûtes peintes à fresque, dans une vieille argenterie bossuée et précieuse. Les touristes n'y séjournaient guère et

le quittaient pour les bruyantes maisons anglaises
qui bordent les quais.

— Ici nous sentirons l'âme toscane, avait dit Raymond ; les étrangers n'y font que passer, Bœdeker
ayant décidé que la Tour penchée peut se voir entre
deux trains. En choisissant nos heures, nous aurons
au dehors une presque solitude. J'essayerai de tra-
vailler un peu, et le reste du temps, Lucile, devine
ce que nous ferons ?

Lorsqu'elle passa pour la première fois sur ce pont
de l'Arno, Lucile s'arrêta. Elle regarda le fleuve
jaunissant qui baigne les vieux palais roux aux volets d'un monotone vert. Tout un quai flamboyait,
doré par la lumière éclatante du matin qui se jouait
entre les colonnettes orientales des plus anciennes
façades. Elle aima la cité tragique, aujourd'hui morte,
ensevelie dans le soleil. Les tours crénelées, les murs
d'enceinte disaient les luttes sanglantes du passé, et
l'herbe poussait entre les pavés des rues où se dé-
noua par le meurtre plus d'un drame familial. Pise
déchue, étouffée entre Gênes et Florence, ne s'était
point relevée, elle avait mis sa gloire à ne point se
survivre ; volontairement immuable, elle avait vu, non-
chalante, les âges passer et fuir, sans essayer de se
reprendre à vivre, trop fière pour les luttes vaines,
trop faible pour les combats victorieux, trop cons-
ciente de sa beauté pour renaître cité moderne,
bruyante d'industrie et de commerce. La noble et glo-
rieuse fin ! Une ville d'ivoire jauni engourdie dans la
lumière.

Ce spectacle rejeta la pensée de Lucile sur elle-même, sur la mort qui atteint les cités et qui guette les amours...

Ils virent, à la Marmia, la mer d'un indigo foncé toute scintillante sous l'éclat d'un ciel incandescent mêlé à l'odeur marine, l'arome salutaire des pins massés en noire forêt gonfla leur poitrine et mit à leurs lèvres un âpre et sauvage goût de la vie.

Ils virent la plage ou se noya Shelley, une baie silencieuse, sablée de cendre, brûlée de soleil. En un jour de colère, la mer au bleu céleste engloutit le poète païen qui jetait les rythmes de *son triomphe de la vie* en défi à la *Mort* d'Orcagna. Le poème ne fut pas achevé et le flot rejeta le corps du rêveur sur ce sable de cendre, sur cette grève retirée où la vague ondule avec une douceur paresseuse sous la coupole d'un ciel immuablement bleu.

Ils visitèrent la maison où les Browning vécurent leur étrange rêve d'amour ; elle, point jeune, point belle, mais fragile, mais illustre ; lui, fougueux, ardent, initiant à la vie cette mystique malade qui avait cru mourir sans la connaître.

Leur dernière visite fut pour le Campo-Santo. Le soleil baignait l'enclos des morts. Ils foulèrent, taciturnes, la place herbue. Les marbres multicolores flambaient, noirs, blancs, roses. Une douceur planait, presque une gaîté, tandis qu'ils pénétraient sous les arceaux du cloître.

— Ah ! dit Lucile, regardons bien ce que nous ne reverrons jamais ; j'ai tant désiré voir cela !

Elle était devant les fresques admirables et pâlies
où triomphe la Mort, la Mort dantesque, la Mort
d'Orcagna et des quatrocentistes, la Mort qui hante
l'âme avant de saisir le corps, de le tuer, le broyer,
le pourrir...

Ils frissonnèrent...

Lucile immobile, se sentait l'âme touchée par la
simplicité des lignes et des couleurs d'Orcagna, con-
quise par la faveur mystique et la naïveté pieuse du
vieux maître qui, sur le mur d'un cimetière, traça cet
immortel et sublime hommage à la mort.

Une foule de touristes Cook envahit, à cet instant,
les galeries, un train venait de les déverser dans Pise
et, pour quelques heures, ils allaient animer de leur
ahurissante poursuite la cité silencieuse où s'entend
mieux qu'ailleurs la grande voix du passé. Le rouge
Bœdeker aux doigts, les mises suaves ou coupero-
sées, les jeunes gens athlétiques, les vieilles dames
obèses et rêveuses, toute la grâce et toute la laideur
britanniques, suivaient d'un pas rapide, à longues
enjambées, le barnum qui leur montrait à forfait, dans un temps limité, les immortels chefs-
d'œuvre.

Saisis de dégoût, les jeunes gens s'enfuirent...

Après la magnifique tristesse de Pise où Lucile
avait surpris l'âme ardente du moyen-âge dormant
derrière les vieilles murailles, une beauté plus aima-
ble, plus vivante, lui fut soudain révélée dans Florence,
la vieille capitale toscane sur laquelle plane l'ombre
immense d'Alighieri, Florence qui, aujourd'hui, se

livre comme une exquise marchande de sourires aux
mélancoliques enfants du Nord.

Ils descendirent, le soir de leur arrivée dans les
rues étroites encombrées de promeneurs comme en
plein midi et ils allèrent au hasard, suivant les pas-
sants.

Un campanile profilait ses marbres clairs sur le soir
bleu. La lumière lunaire dessinait les colonnettes
torses des adorables fenêtres ajourées. A côté, une
façade de cathédrale d'une richesse souveraine laissait apercevoir des marbres roses et verts, des mo-
saïques sur fond d'or. Un dôme énorme, noyé d'ombre s'accroupissait en face dans un fantastique repos.
Une place. Un palais se dressait, allégeant ses cré-
neaux et ses murs massifs par l'envolée superbe d'un
campanile. Une loggia apparut. Musée de plein air où
confusément se détachaient des statues aux blan-
cheurs discrètes, aux gestes sobres et purs ; apparition de beauté, réconfort des foules, volupté des yeux
offerte à tous. Et, un peu en arrière, dans l'ombre
comme une vision d'une grandeur tragique, le *Persée*
de Benvenuto soulevait de son geste triomphal la tête
de Méduse, au-dessus des gueux sans asile qui, sur
les marches de la Loggia, dormaient dans la nuit
tiède. Il semblait dire : « c'est pour vous tous que j'ai
vaincu le monstre et délivré la terre de sa laideur,
c'est à vous tous que j'offre la beauté victorieuse de
mon torse de métal, étincelant au clair de lune...

Admirables symboles païens, si appropriés aux
besoins de l'âme populaire, symboles évocateurs et

créateurs de vie, de force et d'énergie, si différents
des symboles de mort, de renoncement et de lâcheté
des religions soi-disant supérieures, qui les fera revi-
vre, qui les rajeunira pour nous ?...

Après Florence Venise, après Venise Mantoue, Vérone, Rome et les autres ; ils égrenèrent ce merveilleux chapelet des cités de la Péninsule et, de toutes
les *Impressions d'Italie* qu'elle avait lues, Lucile
s'avoua que la meilleure, la plus durable et la plus
intense était celle qu'elle emportait sous sa pru-
nelle.

A Naples, la ville qui repose éternellement dans
une atmosphère bleue, éblouissante dans sa vaporeuse béatitude, Lucile tomba malade ; alors pendant
de longs jours et de longues nuits, Raymond passa
par toutes les affres de l'angoisse et de l'inquiétude.

Très blanche, assise dans son lit, le dos appuyé sur
l'oreiller, Lucile regarde décroître, dans un apothéose
de lumière blonde, le jour napolitain. Un livre qu'elle
feuilletait avec nonchalance a glissé de ses mains.
C'est l'heure un peu mystérieuse qu'elle aime.

Les derniers rayons du soleil couchant projettent
dans la chambre des ombres et des reflets légers et,
par la porte entr'ouverte, elle perçoit les bruits fami-
liers de la maison.

Pense-t-elle à son bonheur d'aujourd'hui ? Rêve
t-elle au drame d'autrefois ?

Non... Dans la pénombre de sa mémoire, elle retrouve des fins de journées fiévreuses, semblables à
elle-ci, qui étaient pleines de charme ; dans ses

convalescences d'enfant, jadis, le petit lit où son corps
trouvait des places fraîches, la blancheur des draps,
la lumière tremblotante et douce de la veilleuse,
l'accueil moelleux des oreillers, le jour finissant,
et avec lui, le feu apaisé dans la poitrine ou la tête,
juste le frisson de la fièvre qui donne aux choses un
peu de charme irréel... le point physique où le malaise confine au bien-être.

Alors la bougie s'allume... point léger et brillant,
elle va par la chambre.

Non loin, la jeune malade sait qu'on lui apprête un
potage. Tapioca, velours liquide... Un biscuit léger
dans quelques gouttes de bordeaux, ou un peu de
gelée de fruits, claire et transparente sur la sou-
coupe... Gourmandises de rêve, faims illusoires et
savoureuses...

La fièvre tombante dans le jour tombant l'enchan-
tait et la berçait comme un nourrice.

Bientôt avec la nuit venue, une nuit tiède et douce
ou flottent des espoirs invisibles, comme des souffles
de bonheur, il ne lui restait plus qu'une grande et
confiante lassitude d'enfant aimée...

Ainsi rêve Lucile, faible et très blanche sur l'oreiller blanc...

Il lui semble être revenue à ce temps-là. Elle n'ose
bouger, de peur de dissiper l'illusion... car les petits
enfants, qui n'aiment que leurs parents, ne connais-
sent point les chagrins d'amour...

. . . .

Des pas... une lampe... C'est Raymond qui entre.

Il pose sur la table la lampe coiffée d'un abat-jour rose qui mesure un clarté très douce.

Derrière lui, la bonne apporte, sur un plateau, l'illusoire souper des convalescences.

Des larmes mouillent les paupières de Lucile... Elle attire son mari en une muette étreinte, heureuse, dans la tristesse de se sentir aimée, choyée.

Lucile à vécu l'année qui vient de s'écouler avec des joies intenses ; elle va bientôt finir et elle sait que pendant toutes les autres qui vont suivre il lui restera à chérir un être en qui elle à mis son idéal et son espoir. La douleur est venue en son temps, en hiver, et elle est partie pour ne plus revenir.

Pour ne plus revenir. Qui sait ? Et voilà qu'une lueur d'inquiétude se devine sur sa physionomie affinée par la souffrance, sur ce visage de madone qui semble être l'image fidèle d'une des vierges vénitiennes du divin Sanzio. Qui sait ? Qui peut répondre de l'éternité des sentiments ? Elle a tout à coup comme une prescience, un pressentiment d'un sombre avenir, comme si elle eut été touchée, tout à coup, par un souffle inquiétant, précurseur de quelque ouragan dévastateur.

Raymond a-t-il deviné la pensée de la femme ? Il se penche vers elle, il attire un moment sa tête sur sa poitrine et il lui murmure à l'oreille, bien tendrement, soupir léger.

— Lucile, ma chérie.

Et la jeune femme sourit, et le vilain vent d'hiver

s'en est allé et les rayons du divin soleil, du soleil
d'amour, inondent son cœur et son âme.

La jeunesse, puissamment aidée par les soins dont
Raymond l'entourait — et par la force toute puissante de l'amour — triompha du mal. Toutefois, la
convalescence fut longue et pour parfaire la guérison
le médecin ordonna un séjour en Egypte.

Lorsqu'ils s'embarquèrent à Livourne, la jeune
femme était presque complètement rétablie; ils firent
néanmoins le voyage, car Raymond était heureux de
cette occasion qui allait lui permettre d'évoquer une
civilisation disparue, une contrée dont les lumières
rayonnèrent en gerbes éblouissantes pendant des
siècles sur le monde antique.

Pendant un mois, ils promenèrent leurs rêveries
sur le Nil bleu et traversèrent la terre des Pharaons
d'un bout à l'autre, s'attardant souvent parmi les
ruines des cités glorieuses maintenant endormies
dans l'éternel silence.

Un soir, aux environs du Caire, la cité grouillante
et bruyante de tapage humain — étrange et belle à
miracle, une apparition surgit à leurs pieds, merveilleuse dans son recueillement nocturne; c'étaient les
tombeaux des Khalifes, l'assemblage unique des plus
gracieux bijoux de pierre que des architectes joail-
liers aient jamais ciselés. Egrénés sur la plaine, ils
sortaient de l'écrin de sable dont ils ont la teinte de
grisaille jaunâtre, au point qu'on les pourrait croire
modelés par le vent de désert avec la poussière
ambiante.

Mieux que le plein jour la lumière de la lune découpait chaque relief des mosquées funéraires : coupoles en forme de mîtres, dômes cannelés, minarets où une dentelle d'arabesques s'enroule sous les balcons ajourés. Les deux coupoles conjuguées de Sultan Barkouk et le minaret élancé de Kaït Bey dominaient la cité des tombes charmantes.

Délabrées et croulantes pour la plupart, ces merveilles ont la séduction des choses frêles, trop fines pour vivre longtemps, et qu'il faut admirer vite parce qu'on les sent qui meurent. Un enchantement de rêve, c'était le seul sentiment qu'éprouvât Raymond. Devant les sépultures sarrasines, il ne retrouvait aucune des impressions que lui avait laissées les autres vestiges de la Fille du Nil ; l'immémoriale et sérieuse nécropole de Memphis lui avait parlé de l'éternité : ici tout était songe d'ombres légères, jeux des génies aériens, roses effeuillées, dentelles déchirées dans un bal de la Mort, chez les princes élégants des Mille et une Nuits. Ces mausolées n'avaient de triste que leur abandon dans le désert et le regret qu'ils donnaient de leur fin prochaine ; des rayons de lune filtraient entre les grandes lézardes, plongeaient dans les plaies béantes des dômes ; sur les carcasses des plus inutiles, on découvrait à peine quelques vestiges des anciennes rosaces : de la face des vieux squelettes, le plâtre était tombé comme un fard.

Lucile et Raymond descendirent dans le vallon et mirent pied à terre devant le premier turbé. Comme le petit fellah qui les conduisait les importunait d'un

babil qui voulait être explicatif; Raymond lui intima
l'ordre de rester à cette place avec son âne, et d'y
attendre qu'il vint les rechercher. Un peu plus loin,
deux chameliers dormaient contre un pan de mur de
Sitti Khaouand. Au delà de ce point il n'y avait plus
trace d'êtres vivants, jusqu'aux coupoles de Sultan
Barkouk, la grande mosquée située à l'avant-garde
du campement funéraire de Mameluks.

Ils allèrent regarder l'un après l'autre ces édifices
harmonieusement dissemblables dont quelques-uns
atteignent la grandeur à force de noblesse dans la
fantaisie. A cette heure, ils avaient le langage ex-
pressif des monuments qui nous parlent dans l'air
immobile de la nuit. Leurs profils s'enlevaient sur le
ciel pur, baignés par une clarté si vigoureuse qu'elle
portait durement les ombres sur le lit de sable, encore tiède de la chaleur du jour. Par moment, sous
les flots de vie que cette nuit d'Egypte épandait sur
la prestigieuse vision, Raymond ressentait ces défail-
lances qui accablent le cœur devant trop d'inutile
beauté, inutile pour la masse des hommes, mais non
pour lui puisqu'il pouvait verser dans un autre cœur
l'infini de sensations trop lourd pour un seul.

— Nous sommes chez les morts, murmura Raymond, chez les bons et non point chez les mauvais —
et il montrait les tombeaux des Khalifes; les morts
qui ont fait ressusciter en nous ce que les autres
voudraient étouffer.

— Raymond, restons avec eux, répondit Lucile,
prise elle aussi par l'infinie grandeur des choses; il

n'y a plus de monde ; il y a le désert que notre amour emplit ; et autour de nous la mort, qu'il défie. Ne sens-tu pas descendre sur l'univers la vie que notre amour crée dans les profondeurs lumineuses de ce beau ciel ?

Et longtemps, dans la nuit auguste, les deux voix alternèrent les hymnes de l'extase, les soupirs de félicité qu'elle entend et confond, l'indifférente nuit, avec les cris de douleur qui montent vers son trône noir au même moment, de la même force, les uns contrepesant les autres dans les balances de quelque obscure justice. Le hennissement d'un cheval vint rappeler aux deux amants l'existence du monde ; ce bruit les fit souvenir du grand ennemi de l'amour, le Temps, qu'aucun baiser, aucun soupir n'arrête.

— Est-ce qu'il est bien tard, Raymond ? Hélas ! pourquoi faut-il que cette nuit finisse !

— Qu'importe ? Le soleil de demain se lèvera si beau !

Raymond siffla son petit ânier. A plusieurs reprises, ils se retournèrent, ne pouvant se résoudre à quitter des yeux la mosquée de Kaït Bey, les coupoles bleuissantes sous la clarté liquide, toute la ville fée des tombeaux où leurs cœurs venaient de renaître.

Comme Lucile regardait encore une fois derrière elle, sa main saisit en tremblant celle de Raymond ; un pli du terrain avait brusquement caché les aiguilles et les dômes. Elle fixa sur son compagnon des yeux d'inquiétude et elle dit avec une terreur qui n'était pas feinte.

— Ils ne sont plus, ils n'ont jamais existé. Tu ver-
ras que nous ne les retrouverons plus dans ce désert.
Ce n'était qu'un rêve, trop beau, évanoui. Et tu en
étais, mon bien-aimé, tu vas disparaître avec eux.
Oh ! dis-moi que tu es encore là !

Il l'attira plus près de lui. Leurs mains s'enlacèrent,
leurs paroles se firent plus rares ; leurs yeux se com-
muniquaient la beauté des visions surprises dans
l'espace, échangeaient la lumière dont ils allaient
s'emplir sur tous les points de l'horizon où elle était
plus sensible ; taches claires des grands îlots de sable,
bouquets de palmes luisantes au bord de la route,
brillants tronçons du fleuve aperçus au loin comme
les éclats d'un miroir brisé. Raymond se pencha vers
elle, en murmurant très bas des mots suppliants ; Lucile laissa tomber sa tête sur l'épaule de son ami,
elle se masqua le visage de ses deux mains réunies.
Ainsi cachée et les yeux clos, elle écoutait ; les mots
qu'il disait entraient dans le rêve commencé aux
Tombeaux des Khalifes, et qui n'avait pas cessé pour
elle ; tout ce qui prenait corps dans ce rêve, en dehors
duquel le monde n'existait plus, avait le droit d'être,
ne pouvait point ne pas être.

Ils cheminèrent ainsi dans la nuit bleue, double
tâche mouvante devant laquelle s'étendait l'infini du
désert ; au dessus de leur tête les étoiles innombrables, souriaient. Ils disparurent au détour d'un bou-
quet de palmiers, se dirigeant vers la lourde porte de
la ville, Bab-en-Nahr, murmurant toujours leur
douce chanson de tendresse.

Mais la nuit seule entendit leurs paroles...

Leur plaisir favori était aussi de longues promenades sur le Nil, aux soirs tombants : la brise qui précède et accompagne la crue du fleuve soufflait dans les branches des oliviers et secouait les palmes des dattiers ; les longues feuilles des latanias s'agitaient comme de grands éventails et les bruits mourants de la ville se mêlaient au chant de la brise. C'était l'heure douce où la rêverie enveloppe les plus amères pensées et leur prête un peu de charme des choses environnantes, comme elles, mystérieuse, imprécise, inachevée.

Aucune contrée du monde, pas même sa patrie revue après une longue absence ne donnait autant, d'émotion à Raymond que cette vénérable terre d'Egypte et le Nil était pour lui comme pour les contemporains de Khéops un être animé, un dieu, l'Hapi. D'où lui venait cette vénération qu'il avait toujours ressentie depuis le temps où, bambin, on le menait, les jours de pluie, errer à travers les sarcophages de granit du musée égyptien du Louvre ? Il n'en savait rien. Le musée était devenu pour lui un véritable temple ; c'était là qu'il avait d'abord déchiffré les premières inscriptions hiéroglyphiques, guidé dans ce travail par une aptitude instinctive.

Il connaissait l'histoire de la vieille Egypte et était aussi habile qu'un scribe à dessiner les caractères de sa langue mystérieuse.

Par une singulière disposition d'esprit, il lui était arrivé souvent d'éprouver plus d'orgueil des victoires de Ramsès que de celles de Napoléon et les invasions du roi d'Assyrie Asarhaddon ou de l'éthiopien Taharqon étaient plus pénibles pour son cœur que les malheurs éprouvés par la France pendant la guerre de Cent ans.

Au milieu des innombrables tombeaux et des pyramides, pareilles à de géométriques tumuli, il sentait son cœur battre dans sa poitrine et il lui semblait que du sol, enveloppé déjà dans son manteau de brume, les Pharaons et les princes Memphites allaient surgir de leurs sarcophages enluminés. Une crainte respectueuse le prenait en face de ces éternels palais de la Mort qui étendaient leur ombre sur les champs de maïs.

La santé de Lucile était rétablie depuis longtemps lorsqu'ils songèrent à partir ; il y avait plus de trois mois qu'ils voyageaient et il tardait à la jeune femme de revoir son fils, car les nouvelles qu'elle en recevait presque tous les jours, d'une gouvernante en qui elle avait confiance, ne suffisaient pas à son cœur de mère.

A leur retour à Paris, ils s'installèrent dans le petit hôtel que Raymond avait fait construire avenue de Villiers et qui était une véritable merveille de goût et d'élégance. Quelque temps avant son mariage il avait également fait l'acquisition d'une délicieuse villa à Ris-Orangis, dans un somptueux décor de verdure et de fleurs. C'est dans cette retraite qu'ils se proposaient de passer la belle saison chaque année ; c'était en effet un coin charmant et discret et ils ne pouvaient pas mieux trouver pour cacher leur amour qui maintenant avait besoin de calme et de repos.

V

L'AÏEUL

« Vous souvenez-vous, mon amie, de cet épisode, un des plus rares dont s'orne l'histoire de notre vie amoureuse? Je veux parler de cette prière que vous fîtes un soir, dans la petite église de Kerven, un soir que votre père nous avait laissés seuls avec votre vieille gouvernante, complice de notre idylle?

Par cet après-midi de fin septembre, nous parcourions les campagnes désertes, demandant leur calme infini une solitude passagère et nous allions libres et sans soucis, le cœur ivre d'amour... Au tournant d'une route la petite chapelle apparut. Nous entrâmes. La pauvreté du lieu vous impressionna.

Alors, vous vous êtes agenouillée. Votre ferveur émue se dilatait au sein de l'oraison. Insensiblement votre charme semblait se spiritualiser sous l'effet de la prière satisfaisante (où les femmes sont-elles plus exquises que dans les chapelles?) Je me tenais tout contre vous. Vers moi montaient les senteurs grisantes du chèvrefeuille dont j'avais fleuri votre corsage le long des sentes embaumées et ce parfum était imprégné de celui plus complexe et plus étrange qu'exhalent les sanctuaires. Vous revêtiez alors pour moi un aspect nouveau. Je vous trouvais plus désirable dans cet abandon langoureux de tout votre être et vous étiez délicieuse, délicieuse infiniment... Dans une ardeur folle et irrésistible, je me suis penché vers vous pour communier en tendresse sur vos lèvres. Je me souviens que vous avez levé vers moi vos grands yeux indulgents qui semblaient dire : « Je vous pardonne » puis vous m'abandonnâtes votre bouche avec une pudeur enfantine et effarouchée.

« Et je n'ai jamais eu d'émotion meilleure. »

« A l'autel de la Vierge quelques branches se desséchaient dans un vase; je vous en donnai une feuille. Vous l'avez encore, j'en suis sûr, dans quelque livre peut-être, ou dans ce coin secret de votre armoire, jardin mystérieux où refleurissent tant de souvenirs de nos pèlerinages d'amour, de cet amour ardent et chaste, qui attend et espère.,. Je me souviens comme vous fûtes délicieuse ensuite; une béatitude infinie alanguissait vos yeux, sur tout votre visage planait une amoureuse sérénité. Votre grâce calme s'accentuait, et je vous sentais vous appuyer, plus aimante, sur mon bras... et vous restiez silencieuse. Alors je vous ai dit avec émotion : « Qu'avez-vous demandé? » Vous m'avez répondu : « Mon Dieu, faites qu'il m'aime toujours comme je l'aime aujourd'hui. » Et moi j'ai courbé la tête et je n'ai rien dit car, hélas ! je n'ai pas le don de la prière...

Assise sous un arbre, dans le parc de Ris-Orangis, Lucile ce soir-là relisait avec émotion, cette lettre, l'une des dernières que Raymond lui avait écrites, pendant l'année de son veuvage ; un nuage de tristesse assombrissait sa physionomie alors dans tout l'épanouissement de sa merveilleuse beauté : c'est que depuis quelque temps l'harmonie de sa vie heureuse était troublée par des dissonnances imperceptibles pour une oreille étrangère, mais qui ne lui échappaient pas à elle, la femme aimante...

Le Dieu auquel elle croyait et qu'elle avait invoqué, certain soir d'automne, dans la petite église de Kerven, ne semblait pas avoir exaucé sa prière.

Raymond s'était remis au travail dès leur retour d'Egypte ; son drame lyrique, *La Fornarine*, venait d'être joué à l'Opéra où il avait remporté un succès triomphal ; il devenait l'enfant de plus en plus chéri de la gloire ; en outre il était riche, jeune, beau ; il possédait une femme délicieuse qui l'adorait à l'égal d'un dieu et pourtant il était malheureux.

Lucile elle-même fut longtemps avant de s'apercevoir du changement qui s'opérait dans la manière d'être Raymond. Cette étrange métamorphose, il est vrai, s'accomplissait de façon insensible mais un termite était au cœur de l'arbre et il accomplissait son travail destructeur. Un jour, la jeune femme, effrayée et désespérée, crut que l'amour de son mari s'en était allé, vers d'autres peut-être, dans le monde frivole parmi lequel ils évoluaient.

Elle avait également un autre sujet de peine. Son fils Raoul, en grandissant, manifestait envers Raymond une antipathie que sa mère ne s'expliquait pas et qu'elle essayait en vain de faire disparaître. Sollicité plusieurs fois par le marquis de Goussé de venir passer quelques jours dans la Creuse, Raymond s'y était toujours refusé avec la dernière énergie et à chaque fois, sur ce sujet là, il avait avec Raoul, qui, lui, ne demandait qu'à revoir son pays natal, des discussions qu'il terminait avec autorité et presque violemment, ce qui augmentait le ressentiment de l'enfant.

A différentes reprises Lucile avait évoqué le souvenir de Roland devant son mari, et à chaque fois, il avait manifesté une agitation qu'elle comprenait d'autant moins qu'elle semblait croître à mesure que les années s'écoulaient, alors que le temps aurait dû depuis longtemps faire son œuvre d'apaisement et d'oubli.

Depuis trois ans il ne produisait plus et pourtant il travaillait avec une ardeur fiévreuse, mais l'œuvre commencée il ne pouvait l'achever et il la détruisait avec rage pour en commencer une autre qui avait bientôt le même sort. Il avait auprès de sa femme des instants d'exaltation amoureuse bientôt suivis d'un stade de prostration et de lassitude. Souvent, il passait des journées et des nuits entières hors de chez lui ; il semblait alors vouloir se griser de mouvement et de fièvre. Une nuit, à son cercle, il perdit trente mille francs.

Alors la pauvre Lucile comprit que l'harmonie de sa vie heureuse était à jamais détruite et elle pleura son bonheur perdu.

Un jour, elle se trouvait seule dans la salle à manger de la villa de Ris-Orangis où elle attendait Raymond pour le déjeuner. On était allé le prévenir deux fois déjà dans son cabinet où il travaillait depuis l'aube.

Il descendit enfin ; il avait les traits tirés par une nuit d'insomnie et sa physionomie exprimait une fatigue extrême.

— Comme tu parais fatigué, fit Lucile, en s'avançant vers lui.

— Oui... grâce à Dieu ; c'est le corps qui trouble la paix de l'âme, qui l'agite de craintes et d'espérances. Je travaille pour épuiser mes forces, je n'ai de repos qu'à ce prix.

Lucile le considéra un instant d'un air triste et mettant la main sur son cœur :

— Autrefois, dit-elle, tu en avais toujours là.

— Autrefois... oui... autrefois.

Puis, après un moment de silence pendant lequel son esprit sembla suivre une idée fixe, il murmura :

— Qui pourrait le découvrir...

Lucile lui jeta un regard étonné.

— Découvrir ? quoi donc ?...

Raymond tressaillit.

— Oh ! rien... rien... l'art de rappeler le temps passé... de faire qu'autrefois fut aujourd'hui... et qu'aujourd'hui fut le néant !

Lucile le prit par la main et le faisant asseoir auprès d'elle :

— Ecoute-moi bien, mon Raymond bien-aimé ; il y

a longtemps que je désirais te dire ce que tu vas savoir et cette explication que je veux avoir aujourd'hui avec toi je la crains autant que je la désire, c'est pourquoi je l'ai toujours retardée, mais cela ne peut durer ainsi. J'étais trop heureuse, autrefois et je comprends maintenant qu'il est, en effet, des bonheurs trop parfaits pour être éternels. L'amour, hélas s'en est allé et il a fait place non seulement à l'indifférence mais même à la cruauté, car tu es devenu cruel, pour moi, mon Raymond, toi si bon et si généreux. Plus de paroles d'amour... jamais que des paroles tristes et sombres, jamais que de l'amertume et des regrets. Qu'as-tu fait de ces mots de tendresse, de ces mots divins qui m'enivraient autrefois et qui faisaient que je ne comprenais pas qu'on pût te voir sans t'aimer? Ces mots je les trouvais alors à chaque instant sur tes lèvres, et quand ta bouche se taisait, tes yeux parlaient pour elle : hélas! paroles et regards ont changé! Mon amour te pèse, mes caresses te fatiguent; tu me cherches et tu ne peux rester à mes côtés. Nous vivons séparés et lorsqu'il t'arrive de te rapprocher de moi, tu me quittes tout à coup comme s'il y avait un remords entre nous deux. On dirait qu'il est un secret que tu as besoin d'avouer, que tu retiens à peine et qui va t'échapper à chaque instant. S'il en est ainsi pourquoi ne me le confies-tu pas? Pourquoi ne m'ouvres-tu pas ton cœur? Quoique tu puisses faire, va, je serai toujours ton amie la plus sûre et la plus fidèle, et si tu ne veux plus de mon amour conserve moi au moins ta confiance.

Raymond, que se passe-t-il en ton âme ? Y a-t-il une autre femme dont la tendresse te soit devenue plus chère que ne l'était la mienne ? Il faudrait me le dire, vois-tu, ou plutôt il faudrait me tuer; Mon Dieu ! je suis bien malheureuse...

Raymond la prit dans ses bras et lui essuya ses larmes avec des baisers comme il faisait autrefois, il y avait bien longtemps !—certain soir d'été tiède et parfumé dans le parc de Kerven, ou bien sur les rochers de Pégli où flottaient des espoirs invisibles et où passaient des souffles de bonheur...

— Pardonne-moi, lui dit-il, ma Lucile, pardonne-moi si je t'ai fait souffrir mais ce n'est pas ma faute, vois-tu, si certains souvenirs m'assaillent quelquefois et m'attristent, au point de me faire oublier mon amour pour toi ; mais il existe toujours, cet amour, crois le bien, ma bien-aimée, il existe aussi puissant qu'autrefois. Toi jalouse ? Et de qui, mon Dieu ! ne t'ai-je pas donné tout ce que j'avais de tendresse ? Mais tu doutes, c'est juste ; pouvons-nous croire à notre fidélité ?

Et, la repoussant, il ajouta à mi-voix :

— Quand nous regardons en arrière...

— Raymond, que veux-tu dire ?...

— Aujourd'hui, reprit Raymond d'une voix sombre, ce jour est maudit, maudit !

— Aujourd'hui ?..

— Tu as donc oublié ? C'est aujourd'hui qu'*il* s'est tué.

— Mon Dieu !...

— As-tu oublié encore comme nous nous écrivions des paroles d'amour après sa mort, et pendant l'année de ton deuil ? Comme nos plaintes hypocrites déguisaient mal la joie de nos cœurs.

— Raymond, je t'en prie...

Mais il s'était levé, et comme perdant conscience du monde extérieur, il s'écria d'une voix rauque, le regard fixe.

— S'il venait nous le rappeler, lui !...

Au même instant on frappa à la porte et un domestique apporta une carte sur un plateau d'argent.

Lucile la prit et lut : le marquis de Goussé.

Raymond frémit.

— Lui ! murmura-t-il.

Depuis douze ans le marquis de Goussé n'était pas sorti de son château de Bourganeuf. Quelle cause subite et impérieuse avait pu le décider à faire ainsi le voyage de Paris sans avoir prévenu ?

Au moment où Lucile donnait l'ordre d'introduire le visiteur au salon, Raoul fit irruption dans la salle à manger en courant.

— Mère, voilà grand-père, s'écria-t-il, et se retournant.

— Arrivez vite par ici...

Le marquis de Goussé entra :

C'était un grand vieillard tout blanc, dont la tête chenue commençait à s'incliner vers la tombe, mais si sa taille fléchissait sous le poids des ans, il avait conservé la même vivacité dans le regard et la même expression de fierté noble dans toute sa personne.

—Pardonnez à mon impatience, dit-il, à celle de l'enfant que je n'ai pu contenir quand il a su qui j'étais. Mon arrivée inattendue a dû vous surprendre... ma fille ! et après avoir embrassé Lucile avec émotion, se tournant vers Raymond :

— Monsieur, nous nous sommes vus souvent jadis, mais douze ans se sont écoulés depuis et vous avez peut-être peine à me reconnaître.

— Non... Non... répondit Raymond qui ne le quittait pas du regard depuis son arrivée ; il suffirait d'ailleurs de votre étonnante ressemblance avec Roland...

— C'est tout ce qui me reste de mon fils, interrompit le marquis de Goussé. Vous, Monsieur, vous avez recueilli l'héritage des plus précieux de ses biens : vous êtes l'époux de sa veuve, le père de son fils ; leur amour vous appartient. Moi, je suis resté seul ; n'est-il pas juste que le pauvre vienne demander au riche une part de ses trésors ?

— Soyez le bienvenu, Monsieur, fit Raymond en lui tendant la main et croyez-bien que nous regrettons vivement que vous n'ayez pas eu plus tôt l'excellente idée de venir nous demander l'hospitalité.

— Nous étions loin de vous supposer à Paris, fit Lucile, et la surprise est agréable.

— Voilà deux mois que j'ai quitté le pays et que je voyage pour atteindre un but que je me suis fixé et que vous allez connaître. Vous le savez, Lucile, quand on m'éveilla pour m'annoncer la mort de mon malheureux fils, le coup fut si imprévu, la douleur si grande, que ma tête se perdit. On me ramena au château, sans que le deuil qui m'entourait me rappelât la perte que je venais de faire. Je passai ainsi douze années dans un état d'insensibilité et d'oubli qui me laissa vivre. Enfin, après ce temps, la destinée à permis que ma raison revint pour sentir tout mon malheur et pour le venger peut-être.

Et, s'adressant à Lucile :

— Avez-vous vu le corps de votre mari lorsqu'on le rapporta sur un brancard ?

— Non... je n'aurais pu supporter...

— L'avez-vous vu dans son cercueil ?

— Non.

— Moi, je l'ai vu, s'écria Raoul qui écoutait attentivement depuis le commencement de l'entretien. La salle était tendue de noir. Mon père était étendu sur un lit, pâle, mais la mort ne l'avait pas défiguré. Son corps était couvert d'un drap blanc ; des hommes du voisinage, d'autres venus de loin pleuraient auprès de son corps et baisaient les coins du drap... car on l'aimait, mon père.

Et les yeux de l'enfant s'emplirent de larmes.

— Oh ! fit le marquis de Goussé, pourquoi ai-je fait ouvrir le cercueil qui cachait à tous les yeux cet effrayant spectacle. Quand j'osai lever le manteau qui enveloppait son corps, je vis l'affreuse vérité. Une main pressait sa blessure, son bras droit était étendu et rejeté en arrière, le poing fermé ; sa bouche muette semblait dire : vengez-moi, je suis assassiné !

— Grand Dieu ! s'écria Lucile, très pâle, si cela était vrai !

— Oui, murmura Raymond, dont les genoux tremblaient, ce... ce serait effroyable.

— On l'avait trouvé au milieu de la forêt, reprit le marquis de Goussé, dans cette même attitude où je le vis dans son cercueil. Ceux qui me conduisirent dans le caveau m'en ont donné l'assurance, sa main, son bras étaient ainsi placés ; sa figure avait la même expression. Une balle lui avait percé le cœur, et sa main semblait attachée sur sa blessure par une force surnaturelle ; impossible d'ouvrir le poignet fermé ; impossible de ramener près du corps le bras rejeté en arrière. Depuis cet instant tous mes doutes furent dissipés. Un vague instinct me fit accepter la mission dont on me chargeait, et je suis venu jusqu'au milieu de vous chercher le meurtrier de Roland sans savoir où je reconnaîtrai sa trace.

— Dieu veuille que vous la trouviez bientôt, si... toutefois... vos soupçons sont fondés, fit Raymond d'une voix éteinte... mais je vous demande pardon... j'ai travaillé une partie de la nuit... et la fatigue... permettez que je me retire.

Il se dirigea vers la porte, mais au moment où il allait l'atteindre il s'arrêta, et, ses jambes se dérobant sous lui, il s'effondra dans un fauteuil, perdant connaissance.

Raoul poussa un cri et Lucile se précipitant vers son mari, lui prit les mains qu'il abandonna, inertes.

— Raymond, Raymond ! suppliait-elle, mais en vain, d'une voix haletante.

Le vieux marquis de Goussé, debout au milieu de la salle, contemplait cette scène, immobile et silencieux.

VI

UNE TEMPÊTE DANS UNE AME

« Qui diable a pu prendre ce fusil ? Ce n'est pas M. Raymond, car il ne s'en sert jamais et il le tient précisément caché dans cette armoire. Il ne faut même pas qu'on en approche. Ce ne peut être aucun des gens de l'hôtel. Pas un ne l'eut osé. Serait-ce M. Raoul ? Non. Le maître ne lui a jamais permis de se servir d'une arme à feu. Ce n'est pas l'embarras ; le jeune homme a déjà failli désobéir vingt fois, il brûle d'essayer son adresse, et je ne serais pas étonné... »

Ainsi monologuait Jean, le fils de Gertrude devant une armoire ouverte, dans le cabinet de travail de Raymond Bellière :

« Ma foi tant pis, conclut-il en aparté, ce n'est pas moi qui ai la garde des appartements et des meubles. Passons à un autre ordre d'idées ; aujourd'hui je me sens dispos et guilleret et je crois que je serais capable d'accomplir une énorme besogne sans dire ouf ! Profitons-en pour écrire au pays, ce que je n'ai pu faire depuis que je suis ici... »

Et, sans plus de façons, Jean s'installa le mieux commodément du monde au bureau même de Raymond et prenant une plume, du papier, il écrivit à la mère Gertrude une lettre à peu près conçue en ces termes :

« Ma vieille mère, j'ai peur que vous n'ayez été inquiète de ne pas recevoir de mes nouvelles depuis douze ans, j'espère que cette lettre vous trouvera alerte et grondeuse comme autrefois. L'homme que je rencontrai dans le bois, près de chez nous, et qui me prit avec lui, est M. Raymond Bellière, un grand musicien qui joue de tous les instruments, qui compose des valses et des grands opéras. Il m'emmena à Paris et j'ai été bien malade en arrivant. Un an après, Mme Lucile, la veuve de M. Roland vint nous rejoindre avec son enfant, le petit Raoul. Mon maître l'épousa et depuis ce temps nous habitons une charmante villa à Ris-Orangis près de Paris. C'est un pays charmant où il n'y a que des gens très comme il faut. Je ne vous dirai pas que je suis intendant, attendu qu'il y en a un : je ne vous dirai pas que je suis valet de chambre, attendu qu'il y en a deux, je ne crois pas être homme de confiance car on ne me confie rien. Si vous pouvez m'expliquer ce que je suis, vous me ferez plaisir. Je vis à la campagne et quelquefois à Paris, où mon maître possède aussi un hôtel, car il est très riche, mon maître (entre nous je ne croyais pas que ça rapportait tant d'argent, la musique). Je me lève entre huit et onze heures... sur les midi. Je suis bien vêtu, bien logé... j'engraisse.

On me donne pour tout ça douze cents francs par an. Douze cents francs, voyez-vous, bonne mère, c'est plus d'argent qu'il n'en est jamais entré chez vous. J'ai fait des économies depuis dix ans et je vais vous en envoyer une partie, car il est temps que vous ne travaillez plus, bonne mère ; le repos est nécessaire à l'homme, et qui dit l'homme, dit la femme. Reposez-vous donc, portez-vous bien, et vivez longtemps. Je voudrais pouvoir vous dire : vivez toujours. »

« JEAN ».

Au moment où l'honnête garçon, après avoir soigneusement cacheté cette épitre, s'apprêtait à calligraphier la suscription, quelqu'un entra dans le cabinet.

Jean se retourna et aperçut le marquis de Goussé.

— M. Bellière est-il sorti ? demanda le marquis.

— Non, Monsieur, il est resté toute la journée enfermé dans sa chambre à coucher. Il paraît qu'il s'est trouvé bien mal, hier.

— Oui... bien mal.

— Monsieur le marquis ne me reconnaît pas ?

— Non, mon ami, fit M. de Goussé après l'avoir considéré un instant.

— Ah ! c'est étrange. Moi je vous ai reconnu tout de suite. Monsieur le marquis se rappelle sans doute Jean ?

— Jean ?... non.

— Comment ? Jean... le fils de Gertrude.

— Ah ! de la vieille Gertrude, la femme de mon garde-chasse ? Tiens ! mais oui, en effet.

— Je me disais aussi, il n'est pas possible... Elle vit toujours, la bonne vieille?

— Toujours, quoiqu'elle soit mon aînée.

— L'aînée de monsieur de marquis, ça commence à bien faire. Ce n'est pas l'embarras; une bohémienne lui a prédit qu'elle vivrait cent ans, elle, et ce qui naîtrait d'elle. Or, comme mes frères sont morts, la prédiction ne peut regarder que moi. Et est-elle toujours tracassière? C'est que, voyez-vous, nous nous chamaillions souvent... moi, j'étais un espiègle. Et ma petite sœur Marie a-t-elle trouvé un mari! Et mon cousin Louis?...

Je ne sais, mon ami, interrompit le marquis de Goussé, je ne pourrais vous donner aucune nouvelle. Mais comment se fait-il que je vous trouve ici? autant que je puis m'en souvenir, vous n'étiez pas autrefois au service de M. Bellière?

— C'est-à-dire que j'y suis entré autrefois, si; eh! mon Dieu, le jour même de la mort de notre pauvre maître, M. Roland, tenez. Vous connaissez le proverbe : le bien vient en dormant! Je dormais, assez près de notre maison, dans le bois, quand un coup de fusil m'éveilla en sursaut. J'aperçus auprès de moi M. Raymond que je ne connaissais pas alors. Il était debout, regardant devant lui avec tant d'attention que son fusil lui était tombé des mains. Je le ramassai. Il parut extrêmement surpris de ma politesse Il m'adressa quelques questions : qui j'étais? d'où je venais? et m'emmena en me promettant de l'emploi.

— Sans autre information?

— Pas d'autre. Après ça, ma physionomie lui avait plu, sans doute, et depuis il m'a toujours traité avec beaucoup d'égards.

— Vous lui avez peut-être rendu des services.

— Heu !... Je ne vois point... Ah ! oui... Je lui ai ramassé son fusil.

— C'est étrange ! murmura le marquis de Goussé, à part lui. Cet homme emmené ainsi, uniquement parce qu'il se trouvait là !...

Au même moment Raymond entrait à son tour dans son cabinet et après avoir salué le marquis de Goussé il fit signe à Jean de s'éloigner.

— Pardonnez-moi de m'être laissé prévenir, fit-il en s'adressant au marquis.

— J'étais inquiet de votre santé.

— Oh ! ce n'est rien, répliqua Raymond. J'éprouve souvent de ces faiblesses subites, causées probablement par l'excès de travail. Je suis tout à fait bien aujourd'hui. J'ai ordonné qu'on vous logeât dans l'appartement le plus gai de la villa.

— La gaîté, fit tristement le marquis, c'est sur le visage du maître de céans que je voudrais la trouver, Permettez-moi de vous le dire, vous ne m'avez pas reçu comme le père de votre ami.

— C'est que vous ne vous êtes pas présenté ainsi, répondit Raymond, vivement.

Puis, plus calme, il ajouta :

— Pourquoi avez-vous rouvert dans mon cœur et dans celui de Lucile des blessures si profondes et si douloureuses ?

— Je ne pouvais prévoir qu'elles fussent plus profondes dans vos cœurs que dans celui d'un père.

— Vous avez vu du moins qu'elles y sont plus sen-
sibles, répliqua Raymond, puisque nous n'avons pas
eu la force d'entendre ce que vous avez pu raconter.

Le marquis de Goussé l'observait attentivement
tandis qu'il parlait, mais jusqu'à présent il n'avait
rien découvert d'anormal sur sa physionomie qui
demeurait calme en apparence. Raymond continua :

— Vous êtes père et vous pleurez parce que vous
avez perdu un fils, moi, j'ai perdu un ami et, croyez-
moi, Monsieur, quelque poignant que soit pour vous
le souvenir de sa perte, il n'est pas plus cruel que ne
le sont mes regrets. C'était un autre moi-même, j'ai
vécu, je suis mort avec lui.

— Je sais que les liens qui vous unissaient étaient
puissants, fit le marquis, autrefois on vous appelait
les amis.

— Oui, fit Raymond avec attendrissement, nous
étions amis et non pas amis vulgaires, mais de ceux
qui n'ont qu'une pensée, une âme, une volonté ; de
ceux qui sont plus que des frères. J'avais connu
Roland à Paris, quand il était étudiant et dès les
premiers jours une mutuelle sympathie, faite d'une
communauté d'idées, de sentiments, de caractère,
nous lia l'un à l'autre ; peine, plaisirs, dangers, tout
nous fut bientôt commun, nous ne nous quittions
pas ; on nous invitait ensemble parce qu'on ne pouvait nous avoir qu'ensemble. Quelle fête eut su lui
plaire lorsqu'il me croyait triste ? Quel chagrin l'eut

affligé quand il me croyait heureux? S'il se trouvait engagé dans une affaire d'honneur, il venait me chercher et me disait : Raymond, je me bats aujourd'hui, et je le suivais prêt à le remplacer s'il était blessé car offenser l'un c'était offenser l'autre. Heureux si je n'avais pas eu pour lui un secret... et il est mort ! et depuis douze ans, mes larmes n'ont pu lui rendre cette existence qu'il eut donnée pour moi...

Et la voix de Raymond sombra dans un sanglot.

Le marquis de Goussé lui prit les mains :

— Raymond !... Non, l'homme qui l'a aimé ainsi n'a pas connu la cause de sa mort, car il n'eut pas laissé le crime impuni.

Raymond ne put réprimer un mouvement d'effroi.

— Comment ?... que dites-vous ?... Quel crime ?

— Celui qui nous a frappés tous deux dans ce que nous avions de plus cher ; celui que je poursuis, que vous m'aiderez à découvrir. Raymond, reportez sur le père quelques-uns des sentiments que vous aviez pour le fils : vous étiez son ami, soyez le mien aussi.

Mais le marquis s'arrêta brusquement en remarquant l'expression de terreur, d'égarement qui se peignit sur le visage de son interlocuteur : il semblait hors de lui et il le regardait fixement :

— Moi !... articula-t-il d'une voix rauque... que demandez-vous... vous ne le pensez pas... c'est un piège... et puis, pourquoi me regarder ainsi ? que me voulez-vous ? moi ? votre ami ?... mais oui... vous n'avez pas une épouse jeune et belle ! vous...

— Raymond ! s'écria le marquis en reculant avec effroi.

Mais Raymond avait réussi à retenir sa raison qui s'en allait.

— Ne me condamnez pas, reprit-il vivement, vous êtes homme, aujourd'hui vertueux, demain coupable, Savez-vous d'abord qui des deux l'a ravie à l'autre ? Savez-vous si mon amour n'était pas plus ancien que ses droits ?... Ah ! quand je l'ai vue sa femme, il fallait fuir, n'est-ce pas ? il fallait fuir maître de mon secret ? Cela était au-dessus des forces humaines. Devant l'amour il n'est plus ni raison, ni devoir, ni amitié... Tout ce qu'il y a ici-bas de sentiments généreux se concentre et s'éteint dans une seule passion, l'amour, qui est la vie. Monsieur, avant de me blâmer, il faut me plaindre, il faut avoir pitié d'un malheureux qui aimait son ami et qui adorait la femme de son ami. Comprenez-vous maintenant mes tourments ? Si Lucile m'appartient, elle est la veuve de Roland ; c'est là depuis douze ans la cause de mes remords ; vous avez voulu les savoir, vous les connaissez ; il n'y en a pas d'autres.

Le marquis de Goussé demeura un instant silencieux.

— Vous m'avez tout dit ? Raymond, fit-il.

— Oui.

— C'est votre dernière parole ; fasse le ciel que celle-là aussi soit sincère...

Ce jour-là, lendemain de son arrivée à la villa, le marquis de Goussé ne déjeuna pas avec ses hôtes ; il prétexta une indisposition et se fit apporter un léger repas dans ses appartements ; plusieurs fois dans la journée Raoul et sa mère vinrent le voir ; dans la soirée il descendit dans le parc de la villa, où il rejoignit Lucile et Raymond qui s'y promenaient depuis un instant.

— L'accueil que vous avez reçu parmi nous, fit Lucile en s'avançant vers lui n'est pas celui que vous deviez attendre, je le sais. Mais la surprise que nous a causée votre arrivée subite et inattendue, l'évanouissement de mon mari nous ont troublés au point de nous faire oublier nos devoirs. J'espère que votre séjour ici nous laissera le temps de réparer nos torts.

— Mais vous n'en avez aucun, Lucile, fit le marquis et je me trouverai trop bien accueilli si vous m'avez gardé un peu de l'amitié que vous me portiez autrefois.

— Vous l'auriez trouvée la même, croyez-moi, s'il m'avait été possible hier de vous le prouver ; mais ce que vous nous avez raconté est si triste !... assassiné ! mon Dieu ! et par qui ? Roland n'avait pas d'ennemis.

— On ne lui en connaissait pas, du moins, reprit le marquis de Goussé.

— Lucile, s'écria Raymond avec vivacité, ne voyez-vous pas que vous renouvelez les douleurs d'un père par ces horribles souvenirs ?

— Ils ne me quittent jamais, Monsieur, interrompit le marquis d'une voix calme.

— On ne lui connaissait pas d'ennemis, reprit Raymond en s'adressant à sa femme, tu as entendu? mais qui donc peut lire dans le cœur de l'homme? qui sait ce qu'il renferme de pensées de trahison et de meurtre? amitiés, dévouements, vains mots! qui s'évanouissent devant l'intérêt où la passion toute-puissante.

— Ne parle pas ainsi, Raymond, fit Lucile; ces paroles ne sont pas en harmonie avec ton âme droite et loyale.

Mais Raymond continua, comme s'il prenait un plaisir mauvais à se faire mal à lui-même :

— Eh! cette loyauté même dont on fait tant de cas, à quoi tient-elle? au hasard. Il eut peut-être vécu sans reproche celui dont la vie est devenue une expiation, s'il n'avait pas compté sur des serments de femme, si on lui avait gardé la foi jurée.

Lucile, à ces mots, était devenue toute pâle.

— Il s'absenta peut-être, continua Raymond implacable, on le trahit ; devoir ou oubli, qu'importe? mais comme il n'avait rien oublié, lui, celle qu'il aimait toujours était devenue la femme de son ami, et il se trouva coupable, sans avoir rien fait pour l'être.

— Raymond! supplia Lucile.

— Dévouement, amitié, vains mots, disais-je tout à l'heure; faux semblants! J'aurais dû y comprendre l'amour qui est un mensonge aussi, le plus exécrable de tous...

Lucile, blessée au cœur par ces paroles aussi inattendues qu'injustes et dont elle ne pouvait deviner la cause, éclata en sanglots.

— Tu pleures ! mère, qu'as-tu, fit une voix derrière elle.

C'était Raoul qui était arrivé sans qu'on le vit, par une allée transversale. Il tenait un fusil à la main. Lucile se retourna vivement.

— Rien... mon Raoul... rien, fit-elle en essayant de sourire.

Tout d'abord Raymond n'avait pas vu Raoul, caché qu'il était par sa mère. Quand il l'aperçut, et que sa vue se porta sur l'arme qu'il tenait à la main, il eut un brusque haut-le-corps ; son regard devint d'une fixité étrange et s'élançant au devant du jeune homme, dans une sorte de mouvement convulsif :

— Que tenez-vous-là, s'écria-t-il... un fusil ?... Raoul ?... quel est ce fusil ?...

— Je vous ai désobéi, Monsieur, je le sais, mais il y a déjà plusieurs jours que je m'en sers dans le jardin où j'exerce mon adresse sur les moineaux, et je croyais que vous vous étiez décidé à me permettre...

— Malheureux ! interrompit Raymond en proie à une exaltation extraordinaire, un fusil dans vos mains... et celui-là encore...

Puis, après le lui avoir arraché des mains :

— Ne savez-vous pas qu'il m'appartient ? que seul j'ai le droit d'y toucher ? Seul, entendez-vous ? Ce n'était pas assez d'enfreindre mes ordres, il fallait y ajouter tout ce que la désobéissance a de plus cruel ;

il fallait me poursuivre jusqu'ici, me torturer. Songez-y, Raoul, je ne souffrirai pas qu'on se joue ainsi de mon repos... Ce fusil, que je ne le retrouve jamais entre vos mains... Voilà le fruit de mon indulgence, de ma bonté. Voilà comme vous m'avez toujours répondu...

— Mais, Monsieur...

— Laissez-moi, interrompit Raymond, laissez-moi... oh ! laissez-moi !...

Raoul tout interdit par cette algarade qu'il trouvait disproportionnée avec la faute commise, se retira la tête basse, et il était visible qu'il se tenait à quatre pour ne pas laisser éclater le sentiment de colère qui commençait à gronder en lui et qui était né dès son arrivée lorsqu'il avait vu pleurer sa mère, sa mère qu'il adorait ; il devinait maintenant la cause de ses larmes.

Quant au marquis de Goussé qui n'avait pas dit un mot et n'avait pas cessé un seul instant d'observer Raymond, comme s'il eut voulu lire jusqu'au fond de son âme, il fit un pas en avant et dit, très calme en apparence :

— Vous permettez que je suive l'enfant ?

Et il disparut à son tour.

VII

LA VOIX INTÉRIEURE

Restée seule avec son mari, Lucile y demeura un instant silencieuse. Il était venu s'asseoir sur un banc à côté d'elle, et sa tête lourdement était retombée sur sa poitrine. Un moment tous deux semblèrent suivre le vol de leurs pensées, bien différentes, mais également douloureuses. Ce fut Lucile qui rompit le silence la première ; elle semblait avoir pris une décision subite.

— Raymond, fit-elle en s'adressant à son mari, je te prie de m'écouter sans colère, et s'il se trouve dans mes paroles quelque chose qui t'afflige ou te blesse, pardonne-le moi, car ma volonté ne sera jamais de te déplaire. Je t'ai aimé avec passion, Raymond ; je t'aime encore comme au premier jour. Mais cet amour qui me rend si heureuse ne m'aveugle pas au point de me faire oublier qu'il faut que tu sois heureux aussi, toi, et tu as cessé de l'être ; dès lors c'est à moi de sacrifier une tendresse désormais égoïste, puisqu'elle ne t'est plus nécessaire.

— Lucile, dit Raymond avec douceur, veux-tu donc me tourmenter aussi !

— Je te laisserai libre. Je me retirerai là-bas, au château de Goussé : seulement comme mon fils est d'un âge à avoir plutôt besoin de tes soins que des

miens, tu le garderas auprès de toi. Il est encore bien
jeune, le pauvre enfant, et sa jeunesse peut faire
excuser ses fautes... Je te demanderai de ne pas le
traiter avec sévérité, et de te souvenir quelquefois de
l'attachement que tu portais à sa mère.

— Me quitter ! toi ! Lucile s'écria Raymond, en
l'attirant doucement sur sa poitrine, tu en as eu la pensée? Ah ça, mais tout le monde conspire donc contre
moi, ici? Vous voulez donc me faire mourir ? Toi, me
quitter, Lucile ? Allons donc ! Est-ce que cela se peut ?
Et que deviendrais-je moi, si un pareil projet pouvait
être mis à exécution? Tu ne sais donc pas comme je
t'aime ? Tu l'as oublié, Lucile ? Mais ton amour, c'est
mon bien, ma consolation, le seul bien qui m'attache
à la vie; sans lui, sans ta présence, que me resterait-
il? Tout ce que j'ai souffert, tout ce qui s'est passé
ne m'aurait servi à rien ! Je te perdrais ensuite ?
Allons donc ! quelle folie !...

— Tu es malheureux, Raymond, et c'est moi qui
ai fait ton malheur, oui, j'ai eu tort, jadis d'oublier mes
serments, j'ai été coupable d'avoir voulu sacrifier ton
amour au devoir, c'est moi seule qui suis cause de
tes souffrances morales, c'est vrai...

— J'ai pu t'en accuser? interrompit précipitamment Raymond ; si ces paroles odieuses sont sorties
de ma bouche, elles n'ont jamais été dans mon
cœur... jamais Lucile, jamais!... Il faut plaindre un
malheureux qu'on torture, à qui la douleur arrache
des reproches injustes, insensés. Enfin on pardonne
à un homme qui demande grâce... qui la demande à

genoux, en pleurant... Lucile, tu ne me pardonneras donc pas, toi ?

— Raymond... mon Raymond bien-aimé !...

— Toi, coupable de mes actions ! toi, pauvre victime dont mon amour a troublé l'existence ! Mais c'était fou ce que je disais... cruel aussi, oui, bien cruel. Tu ne peux pas me pardonner... mais ne me quitte pas Lucile, ne me quitte jamais...

— Oublié ! Raymond, c'est oublié... s'écria ravie la jeune femme qui, depuis de longues années, venait de sentir pour la première fois battre le cœur de son mari à l'unisson du sien.

— Lucile, mon amour, mon âme... je suis bien coupable, vois-tu... Et Raoul, notre Raoul à qui j'ai parlé avec colère, avec menace... cet enfant si bon, qui ne savait pas le mal qu'il m'avait fait, Raoul, il me hait sans doute, lui. Et il n'est pas là pour que je l'embrasse, pour que mes caresses réparent au moins le chagrin que je lui ai causé.

Lucile écoutait Raymond comme en extase, car ces paroles d'amour qu'elle ne croyait jamais plus entendre étaient pour elle comme l'écho d'une musique lointaine et douce, entendue jadis, certain soir d'été, dans le parc du château de Kerven...

— Raoul va venir se jeter dans tes bras, dit-elle. Je vais te l'envoyer, je vais lui dire que tu l'attends, n'est-ce pas ? Ne parlons plus de moi qui ne me souviens de rien que de tes paroles bonnes et consolantes. Raymond !... Ah ! il y a longtemps que je n'ai été si heureuse !...

L'air devenait plus frais, le jour finissait, et l'horizon commençait à s'entourer de la large bande rouge du crépuscule : le parc qui environnait la villa de Raymond Bellière commençait à s'emplir d'ombres et dans l'apaisement du soleil absent toutes les senteurs de la terre flottaient dans l'atmosphère d'une clarté opaline ; toutes les bêtes qui s'éveillent quand vient le soir et dont la vie se manifeste dans la tranquillité des nuits emplissaient la demi-ténèbre d'une agitation silencieuse. De grands oiseaux fuyaient dans l'air comme des taches et disparaissaient dans les bois pleins d'ombres ; des bourdonnements d'insectes invisibles effleuraient l'oreille. La brise passait, apportant avec elle la senteur forte des œillets et des roses et Raymond, resté seul dans le parc, emplissait ses poumons de cet air pur qui calma ses nerfs surexcités, et le repos de la nature le calma comme un bain frais.

Mais si la solitude et le calme engourdirent son corps, son cerveau, siège du mal qui le torturait, travaillait toujours, mis en mouvement par l'idée fixe.

— Pauvre Lucile ! murmura-t-il tout haut, lorsque sa femme fut partie, la faire souffrir ainsi, c'est affreux. C'est ce vieillard dont la présence me tue : c'est lui qui est venu renouveler mes tourments. Toujours Roland ! que prétend-t-il savoir. Il a apporté avec lui le malheur !...

— Et le châtiment !... fit une voix derrière lui.

Raymond se redressa comme mû par un ressort. Il

avait devant lui le marquis de Goussé qu'il n'avait pas vu revenir.

Le marquis se tenait debout devant lui, les bras croisés.

— Le... le... que voulez-vous dire, Monsieur, bégaya Raymond.

— Je veux dire que demain, au lever du jour et à l'insu de tous, nous nous battrons afin que vous expiiez votre crime qui n'est plus un secret entre nous deux, ou bien que vous tuiez le père comme vous avez tué le fils !...

Raymond, dont les dents claquaient, tenait son regard fixé sur le marquis comme sur une vision d'épouvante.

— Moi ! s'écria-t-il d'une voix rauque.

— Oui. Votre attentat n'a pu rester caché ; il ne doit pas rester impuni ; malheureusement la loi a prescrit votre forfait, et, du reste, il n'en existe pas de preuves matérielles ; je ne puis donc vous livrer à la justice ; moi, moi seul serai votre juge... et son vengeur, peut-être !...

— Me battre, moi ! contre un vieillard !...

— Ah ! il lui reste encore assez de force pour tenir une épée...

— Jamais ! la puissance du moment peut entraîner la volonté. Quand votre épée s'approchera de moi il se pourrait que l'amour de la vie fut plus fort que tout... et je vous tuerais.

Le marquis de Goussé était très pâle, mais il parlait avec un calme effrayant.

— Soit, fit-il, au moins, moi, vous ne me frapperez pas sans défense...

— Monsieur ! hurla Raymond... puis se reprenant aussitôt.

Eh bien, non, jamais... jamais ; tuez-moi si vous le voulez.

Le marquis le considéra un instant puis il dit, d'une voix sifflante.

— Tu portes un nom honorable et tu es un lâche ! Raymond bondit.

— Qui a dit cela ? cria-t-il...

— Lâche comme les assassins...

— Malheureux !...

Et il fit un mouvement pour se jeter sur le marquis.

— Ah ! enfin ! dit ce dernier, avec joie.

Mais Raymond s'était immédiatement ressaisi.

— Non, encore une fois, murmura-t-il, dites, faites ce que vous voudrez, mais je ne me battrai pas avec vous...

— Ah ! tu ne veux pas risquer ta vie... fit le marquis tremblant de colère, eh bien, perds-la :

Et sortant un pistolet de sa poche, il le braqua sur Raymond.

Ce dernier eut un rire convulsif.

— Un assassinat ! vous ! fit-il. Ah ! ah ! ah ! et ne voyez-vous pas que vous n'entendez rien à de pareilles actions ? que vous ne pourrez l'accomplir ici, moi en face de vous ? La main de l'homme tremble lorsqu'il lui faut frapper son semblable en face et subir son regard en l'assassinant ; la terreur le glace, son bras demeure sans force et l'œuvre reste inachevée. Voulez-vous commettre plus sûrement le meurtre ? C'est de loin, par derrière, dans l'ombre qu'il faut agir. Alors, sans approcher du but, vous pouvez l'atteindre. La colère vous transporte, vous armez un fusil.. mais la chance est incertaine, le coup peut ne pas porter ; si vous étiez sûr du succès, vous jetteriez loin de vous l'arme fatale ; alors le démon vous murmure tout bas : *l'atteindras-tu ?* Il entraîne la volonté chancelante ; la main tremble, le coup part et la victime frappée de loin tombe et meurt !

— Roland ! Roland ! gémit le marquis en se couvrant le visage de ses mains tremblantes.

— Il savait tout et voulait se venger. J'étais jaloux, moi, jaloux d'un bien qu'il m'avait ravi, car avant d'être à lui Lucile m'appartenait. Elle m'avait engagé sa foi et moi je lui avais donné en échange des trésors d'amour comme jamais n'en renferma un cœur humain. Ah ! avant de me condamner, vieillard, attendez... vous ne pouvez savoir où vous ne vous souvenez plus. Devant une pareille passion plus forte que la mort elle-même, rien ne subsiste. Pareille au vent du désert de sable qui brûle elle balaie tout sur son passage, la volonté chavire, la raison sombre, les sentiments d'amitié, d'honneur, de droiture sont emportés comme des fétus de paille ; de l'honnête homme elle fait un misérable, de l'homme fort elle fait un être faible et veule. Cet amour était toute ma vie et lorsqu'on est venu le prendre, au désespoir est venu se joindre un sentiment de colère et de révolte car celui qui me le volait était mon meilleur ami et il ne me l'arrachait que par la force toute puissante de l'or. Lucile se sacrifiait pour sauver la vie de son père que Roland tenait dans ses mains ; j'ai étouffé ma haine et ma colère pendant trois ans ; le malheureux l'a réveillée imprudemment et alors moi aussi j'ai crié mon droit à l'amour. Ah ! je ne réfléchissais pas qu'un amour taché de sang est un amour maudit !... Pour posséder Lucile je n'avais qu'à toucher le ressort fatal... Voyez ! le feu brille !... le plomb vole...

— Assassin ! assassin ! clama le marquis, et les massifs du parc se renvoyèrent l'écho sinistre.

Ah ! vous me connaissez. Eh bien, il vaut mieux que tout soit dévoilé ; ce que je savais seul, il me fallait l'enfouir jusqu'au plus profond de moi-même et j'avais sur la conscience un poids qui m'étouffait : la voix intérieure parlait et devenait de plus en plus impérieuse et elle parlait si haut qu'un jour ou l'autre vous auriez fini pas l'entendre... maintenant tout est perdu, mais tout est tranquille !

Raymond avait redressé sa haute taille devant M. de Goussé et sa physionomie avait une expression de douleur presque sauvage.

— Mon fils ! murmura le marquis... et je ne puis te venger...

Il aperçut Raoul qui passait en courant au bout de l'allée devant la villa, il l'appela :

— Que voulez-vous faire, Monsieur ! s'écria Raymond effrayé.

Mais le marquis ne répondit pas et lorsque Raoul fut près de lui :

— Tiens, dit-il, en lui montrant Raymond, voilà celui qui a tué ton père.

Raymond fit entendre un gémissement sourd.

— Ton père qui t'aimait tant, continua le marquis... tu sais comme il t'aimait ton pauvre père, tu t'en souviens? quand il te prenait tout petit entre ses bras, quand il t'embrassait... Eh bien, c'est lui qui l'a tué... il s'en est vanté devant moi, oui, tout à l'heure... dis-lui d'oser me démentir... et quand j'ai demandé vengeance, il m'a méprisé parce que je suis trop vieux, il a ri de ma menace... mais toi... toi, tu as seize ans, Raoul...

Raoul s'était avancé devant Raymond.

— Cela est vrai? Monsieur, dit-il les dents serrées... oh! oui, ne dites pas non, je le sais, je le sens ; la haine que j'ai pour vous ne me trompait pas et elle était trop forte pour être inconsciente. Quelque répugnance que j'aurai à me battre avec vous, j'accepte ce combat avec joie et j'espère que cette fois vous n'échapperez pas au châtiment.

— Ah! Raoul s'écria le marquis avec joie... noble enfant !

— Mon fils !.. murmura Raymond.

— Votre fils, moi ! qu'avez-vous fait de celui qui pouvait m'appeler son fils ?

— C'est impossible, continua Raymond, je ne puis me battre avec toi.

— Il le faut. Vous ne voulez pas que je vous assassine... et je vous assassinerai, voyez-vous.

— Toi... tu te chargerais d'un pareil crime?

— Partout..., jusque sous les yeux de ma mère qui ne sait pas qu'elle a donné sa main au meurtrier de son mari.

— Oui, ta mère est innocente... Je le jure sur les cendres du mort, elle ne sait rien. Elle ne soupçonne rien, ta mère. Raoul elle doit rester pure à tes yeux... tu le sens comme moi, n'est-ce pas?... il ne faut pas qu'elle puisse jamais rougir devant toi. Eh! mon Dieu ! c'est ta seule consolation, ta mère... Nous nous battrons, entends-tu? Cela est bien horrible, mais nous nous battrons.

VIII

LA MÈRE

Un monument somptueux, construit au prix de sacrifices et d'efforts sans nombre s'élève peu à peu du sol; il prend corps, du moins en apparence, en beauté et en solidité; il est enfin terminé et l'œil se complaît à en admirer les détails et la masse imposante; l'architecte est heureux et satisfait de son œuvre; mais il ne s'aperçoit pas qu'il a omis un détail, qu'il a négligé un défaut de construction, une fissure invisible dans la principale fondation. Peu à peu, avec le temps, cette fissure s'agrandit, les fondements sont minés sourdement par un travail de désagrégation lent, mais sûr, et, un beau matin, le monument tout entier s'écroule sous une rafale plus forte que les autres.

Ainsi le criminel a préparé son forfait longtemps à l'avance et il l'a exécuté de main de maître; il a pris toutes ses précautions, il n'a rien laissé au hasard, tout a été accompli avec soin et méthode; il est satisfait de son œuvre, il se réjouit du résultat; maintenant, il peut dormir tranquille; aucune crainte pour l'avenir, aucun témoin pour l'accuser... Hélas! le malheureux n'a pas vu lui non plus la fissure, il a négligé le témoin invisible qui le suivra pas à pas dans sa vie de damné, qui le mettra face à face jour et nuit avec sa victime... la conscience, la conscience qui à elle seule sera l'artisan de l'irrémédiable écroulement et du châtiment futur.

Tant qu'on renferme dans le secret de sa pensée un désir criminel, le crime n'existe pas; c'est là ce qui tente l'homme et ce qui le perd; parce qu'il a la puissance de cacher des pensées coupables, il s'encourage à les réaliser; il croit qu'il pourra enfouir dans la nuit de son cœur les actions qu'il aura commises, comme les projets qu'il forma. Malheureux! il portera le fardeau dont il a osé se charger; mais à chaque pas il deviendra plus lourd. Accablé, écrasé sous le poids du remords tout puissant, ses genoux plieront et il tombera dans le gouffre entraînant avec lui tout ce qui lui est cher.

Raymond, la nuit qui suivit la scène tragique du

parc, seul dans sa chambre, ses mains comprimant sa tête comme si elle allait se briser, Raymond songeait et à mesure que sa rêverie se précisait, une expression d'amer et irrémédiable désespoir assombrissait son visage. Comment n'avait-il pas compris qu'on ne pouvait se taire et tromper toujours, comment n'avait-il pas compris qu'il lui faudrait tôt ou tard répondre à l'interrogation formidable qui est écrite en lettres de sang au front de l'humanité depuis sa naissance : Caïn, qu'as-tu fait de ton frère !...

Oui, qu'avait-il fait de celui auquel il avait donné jadis le si doux nom de frère ? Maintenant qu'il était débarrassé du poids qui l'étouffait et du bandeau qui l'aveuglait, maintenant qu'il respirait librement, la réaction s'opérait en lui et, l'assurance de l'expiation l'ayant délivré du remords, pour la première fois l'énormité de son crime lui apparut dans toute son horreur simple et tragique.

C'est alors qu'il comprit que si le vieux marquis de Goussé, tout à l'heure, en écoutant les monstrueux sophismes qui voulaient être des circonstances atténuantes, n'avait trouvé pour y répondre que cette simple malédiction : assassin ! c'est qu'en effet il n'y avait pas d'autre réponse à faire.

Quelle différence y a-t-il donc, se disait-il, entre celui qui tue pour s'approprier un trésor qui doit lui procurer une plus grande somme de bien-être ou de jouissances, et celui qui tue pour ravir à un rival plus heureux la femme, éternelle proie convoitée par l'égoïsme lascif du mâle ? Est-ce que tous deux ne tuent pas pour voler et la différence est-elle donc si grande entre le voleur d'amour et le voleur d'argent?

Il était bien venu, vraiment, de parler de l'imprescriptible droit à l'amour ; est-ce que le droit à l'amour confère le droit à l'assassinat, et sa malheureuse victime n'y avait-elle donc pas droit aussi bien que lui ? Le droit à l'amour n'existe que lorsqu'il est partagé et librement consenti de part et d'autre, mais il n'en est plus que la parodie sinistre lorsque les deux mains, pour le joindre, sont forcées de se tendre au-dessus d'un cadavre.

Il avait donné pour excuse la passion, la passion formidable, insensée, aveugle. Quelle misère !... Un produit vénéneux et alambiqué de nos civilisations de décadence, un de ces êtres si nombreux dont le cerveau s'est anémié sous l'influence de fâcheuses neurasthénies, un de ces impulsifs « amoraux » irresponsables et flasques que nous coudoyons tous les jours aurait pu l'invoquer, cette excuse, mais lui, l'homme fort et sain par excellence, l'homme exempt de tares et d'hérédités mauvaises, lui chez qui le potentiel de l'énergie physique et morale atteignait son maximum d'intensité... allons donc !

Et pourtant cela était. La vérité, qu'il venait de découvrir enfin, est qu'il était, lui comme tant d'autres, victime de l'éternelle et implacable injustice sociale qui torture et broie dans ses entraves nos sentiments les plus chers et les plus sacrés. La fatalité avait voulu qu'à la suite de circonstances dues au hasard ou écrites sur les livres du Destin, celle que son cœur

avait choisie fut la proie de la fortune et la victime
de l'or tout puissant, de l'or maudit, créateur de l'universelle douleur humaine ; mais que pouvait-il contre
le sort implacable qui l'avait déshérité tandis qu'il
avait favorisé son ami Roland ? Est-ce que ce dernier,
parce qu'il était riche, n'avait pas droit aussi bien
que lui, à sa part d'idéal ? Non, ce n'est pas dans le
sang qu'on peut noyer l'iniquité, et ce qu'il n'avait
pas compris, c'est que lui, parcelle d'humanité, pauvre soldat obscur et isolé dans le combat de la vie,
commettait un acte de démence en s'attaquant à la
loi du plus fort, à la loi d'airain qui ne disparaîtra
que lorsque le flamboyant soleil de fraternité et d'a-
mour se lèvera sur la cité future.

Au lieu du pardon, la justice immanente apportait
le châtiment à la minute d'égarement et de folie.
Soit, il paierait. Toutefois, si son crime était sans
excuse et si la mort est une expiation, il était du
moins libre de choisir la porte par laquelle il entre-
rait dans le néant et il était bien décidé à ce que ce
ne fut pas Raoul qui la lui ouvrit... c'eut été un second
crime, plus atroce, peut-être, que le premier, et cette
pensée seule le faisait frissonner ; l'idée que la haine du
jeune homme ne s'éteindrait pas avec lui avait aussi
quelque chose d'horrible qui lui était insupportable.

Il écrivit une longue lettre à Lucile — l'amie fatale,
hélas ! — dans laquelle il lui donnait ses dernières
instructions, après lui avoir raconté le drame — et
qu'il termina ainsi :

« Lucile, en te révélant aussi cet effroyable secret

je laisse à toi seule le fardeau de mon crime. Pardonne moi, mais il le fallait. Tu aurais voulu qu'on me pleurât peut-être ; mon aveu te condamne au silence. Laisse les maudire ma mémoire, cela vaut mieux. Mon nom ne déshonore que toi; Raoul en porte un pur et sans tache ; accepte comme une consolation le bonheur de ne pas lui faire partager ta honte.

« Maintenant, adieu. Je t'impose un courage et une résignation que je n'ai pas. Je vais me délivrer de mes tourments, je vais chercher dans la tombe un repos... que l'on n'y trouve pas peut-être ?...

Lorsqu'il eut terminé cette lettre, un grand calme se fit dans tout son être ; un instant, il se sentit meilleur, mais l'image de son fils vint le surprendre et alors il ne put supporter la pensée qu'il lui faudrait emporter avec lui dans la tombe la malédiction définitive. Avant de mourir il fallait qu'il lui parlât, à lui aussi, qu'il lui dise quelque chose qui lui permît de s'en aller en espérant le pardon posthume de ce fils chéri, qu'il ne pouvait pas nommer son fils. Il reprit la plume et, la tête appuyée sur son bras gauche, la physionomie calme en apparence, il écrivit :

« Tout à l'heure, mon Raoul; je vais expier mon crime, ma minute de folie. J'espère que tu ne refuseras pas de lire ces quelques lignes écrites au seuil du tombeau et peut-être plus tard, lorsque le temps aura accompli son œuvre d'apaisement et d'oubli, peut-être me pardonneras-tu, surtout si tu écoutes et si tu suis les suprêmes conseils de celui qui t'a aimé... comme son fils.

« Tout d'abord, chéris ta mère toujours et, plus tard, tâche de n'aimer jamais que ton épouse. Heureux l'homme dont un seul grand amour a illuminé, ou même, comme un éclair, déchiré la vie ! Elu ou rejeté, il a du moins connu l'unique voie sur laquelle il devait poursuivre ou regretter son rêve. Dans les batailles de la vie, dans le drame des lourds devoirs et des peines infinies, des amours déchirées, le bonheur n'est pas d'être heureux, mais d'être grand. Toujours, dans l'existence, il reste à accomplir une œuvre belle et haute, car la tâche de l'homme est immense et sa journée est brève ; pour ne pas trop souffrir dans ton cœur d'homme, sois homme et dévoue ta vie à un grand et noble labeur qui soit ton plus ardent et ton plus immuable amour.

« Puisque notre vieux monde a rejeté la foi et la légende, illusions fécondes dont nous aurions tort de médire puisqu'elle nous ont faits ce que nous sommes, puise ta force et ton énergie dans ta raison et dans ta conscience. Parmi les maîtres de la pensée choisis comme modèle l'immortel Vigny, mais va chercher ailleurs, dans les plus belles œuvres de l'esprit humain qui en sont imprégnées, ce que le fier et hautain gentilhomme ne possédait pas, c'est-à-dire la Bonté.

« Car c'est la religion de l'avenir. L'amour sincère de notre prochain, l'ardent désir de soulager la souffrance humaine, la pitié pour le faible, l'indulgence pour celui qui tombe, l'oubli des injures, la soif de justice, l'enthousiasme pour tout ce qui est beau, la communion, enfin, la communion de notre cœur avec l'humanité tout entière, voilà la moisson qui va germer à l'aurore des temps nouveaux après dix-neuf cent ans de gestation ! Et, du reste, n'est-ce pas de toutes ces vertus généreuses qu'est faite, après cent siècles d'expérience, l'incontestable noblesse de la race humaine ? Pour nous le prouver nous avons tous les chefs-d'œuvre des poètes que tu connais ou que tu connaîtras, depuis Valmiki jusqu'à Tolstoï, depuis Orphée jusqu'à Hugo.

« La bonté c'est dans l'*Iliade*, Achille versant des larmes avec le père de son ennemi vaincu ; c'est, dans l'*Odysée*, ce chant si profondément humain où l'on voit Menelas et Hélène reconciliés au seuil de la vieillesse; c'est dans Sophocle les vieillards athéniens accueillant Antigone et Œdipe ; c'est Socrate dans le *Phédon* ; c'est tout Virgile avec sa tremblante pitié qui s'étend jusqu'aux larves des choses ; c'est le Dante incliné vers les tourments de sa Françoise ; c'est Rabelais débordant d'indulgence et de miséricorde ; c'est Balzac jetant dans l'espace, vers tous les déshérités de la vie, l'appel suprême de Séraphita divinisée ; c'est enfin jusqu'à nous, depuis des sources mystérieuses perdues dans l'inconnu de l'histoire, un grand fleuve ininterrompu qui va, de siècle en siècle, s'élargissant et s'approfondissant sans cesse, et qui roule à travers notre éternelle douleur ce breuvage éternel que Shakespeare appelait « le lait de la tendresse humaine ».

« Passe dans la vie, mon Raoul, les yeux fixés sur cet idéal, le plus pur et le plus noble de tous, le seul qui

puisse te cacher la détresse de la vie et ne cherche pas surtout, le pourquoi de ta destinée. C'est cet orgueil, cette soif d'inconnu, ce désir obsédant de connaître l'inconnaissable qui perd l'homme et qui fait son malheur; moderne Encelade il veut escalader le ciel et, comme l'aigle orgueilleux qui s'élève trop haut à la cîme des monts, il retombe, meurtri, au fond de l'abîme. Ne cherche pas la solution de l'insoluble problème, qu'as-tu besoin de savoir ? Travaille et espère... en attendant la grande Consolatrice qui doit te conduire vers l'éternelle félicité ou l'éternel repos... »

Raymond s'arrêta; il resta un instant pensif le regard fixé, par la fenêtre grande ouverte sur l'horizon céleste : il semblait attendre la naissance du jour, la venue de l'aube qui allait verser sur le monde frémissant ses torrents de vie et de lumière.

Lentement il plia la lettre, et lorsqu'il l'eut cachetée avec soin et qu'il eut accompli la dernière étape du sacrifice, sa tête retomba lourdement sur son bras étendu sur la table et une larme, la première peut-être, de sa vie, roula sur sa joue. Là bas, à l'horizon l'aurore frangeait de rose les bords du ciel.

Il avait été convenu la veille que Raoul se battrait le lendemain matin et le rendez-vous avait été pris à l'insu de tout le monde dans un coin retiré et assez éloigné de la villa.

Dès le lever du jour, le marquis de Goussé attendit Raoul dans le parc, à l'endroit où ils s'étaient séparés la veille. Le vieux marquis avait passé la nuit sans sommeil, le cerveau travaillé par des pensées tumultueuses, contradictoires. Peu à peu il en arriva à considérer l'acte qu'il avait non seulement autorisé mais même provoqué dans un instant d'exaltation comme une monstruosité ; il y avait en effet de fortes chances pour que le pauvre enfant ne sorte pas victorieux d'un combat aussi inégal, car il le savait bien, hélas ! il n'y a que dans les romans où les faibles bras font triompher les causes justes et sacrées... Et alors qu'elle terrible responsabilité n'assumerait-il pas ? Que dirait-il quand la mère, apprenant tout, viendrait lui réclamer son fils ?

Aussi sa décision était-elle prise quand Raoul vint à sa rencontre.

— Il y a des larmes dans tes yeux, Raoul, lui dit-il.

— Peut-être... le manque de sommeil...

— Ce combat aura donc lieu ?

— Qui pourrait l'empêcher ?... mais vous-même vous êtes bien triste, mon père.

— Oh ! moi moi... je suis un vieillard, et le vieillard n'a qu'un moment d'énergie. Le temps, qui use les forces de son corps, use en même temps celles de son âme ; il peut bien crier, le devoir est là, mais quand le moment arrive, quand l'heure sonne, il s'approche de celui qu'il a jeté au devant du danger, il lui prend la main et il lui dit : Raoul ne te bats pas.

— Comment !...

— Ah ! c'est mon unique pensée maintenant, il fallait bien le prononcer, ce mot que mes lèvres ne pouvaient plus retenir. Depuis hier, il murmure à mon oreille, mon cœur en est plein ; c'est lui que je

répétais tout bas cette nuit, lui que j'avais retrouvé
ce matin sur mes lèvres. Un espoir m'était venu, que
je ne cache pas, dont je ne rougis pas et qui le rete-
nait encore... Ce duel, on pouvait le refuser aujour-
d'hui, comme on l'avait fait hier... mais à présent
qu'il est accepté, que je dois en subir les hasards, je
ne connais plus ni faiblesse, ni honte et je viens à
toi les larmes aux yeux, la prière à la bouche, à toi
si jeune, si inexpérimenté dont j'ai follement exposé
la vie.

— Que dites-vous? mon Dieu!...

— Ecoute, je touche à la fin de ma longue carrière;
il me reste à peine quelques instants à vivre, ce peu de
jours, je n'ai que toi pour les consoler. Cela n'est
pas possible, vois-tu, que je meure seul, isolé sans
une main qui me ferme les yeux... Enfin, je n'ai pas
mérité d'être abandonné de tous, de survivre à tous...
Tu n'es pas touché de mes paroles parce que tu ne
sais pas combien j'ai été malheureux, moi. J'avais un
frère que j'aimais et il est mort, j'avais une femme
qui m'était bien chère et elle est morte, j'avais un
fils et on me l'a tué... on te tuerait aussi ; Raoul, ne
te bats pas !

— Ah ! ne me parlez pas ainsi, père, votre tendresse vous égare. On me l'a dit depuis mon enfance
et je le vois aujourd'hui, et vous n'en doutez pas,
vous qui avez vécu plus longtemps, il y a ici bas une
justice, c'est celle qui vous a conduit ici, qui vous a
fait parler, c'est elle qui guidera mon bras. Pourquoi
voulez-vous qu'elle m'abandonne alors qu'elle m'a

choisi pour instrument ? non, je ne l'ai pas offensée, moi, et elle ne serait pas venue me chercher pour me perdre. Montrons tous deux que nous avons foi en elle. Et puis, voyez-vous, ce serait bien infâme ce que vous me demandez. Vous me parlez ainsi maintenant parce que le danger est là, que vous ne voyez que lui, parce que vous m'aimez et que vous tremblez ; mais plus tard quand nous retournerons là-bas, car nous y retournerons ensemble, n'est-ce pas ? Plus tard, quand vous retrouveriez dans votre château et vos souvenirs et vos douleurs vous me diriez : Raoul, tu es bon, Raoul tu m'aimes bien, mais tu n'as pas vengé ton père !

Un sanglot s'étrangla dans la gorge du marquis.

— Mon enfant, mon enfant ! c'est bien noble et bien cruel ce que tu me dis là !...

Lorsque le jeune homme se fut retiré, le marquis appela un domestique et lui donna l'ordre de prier Lucile de descendre de suite. Elle seule, pensait-il, pouvait tout empêcher, car il savait ou au moins il espérait que Raoul ne tenterait pas de lui résister ; il n'oserait pas, dans le cas contraire, expliquer les motifs de son refus. Que lui importait si plus tard il lui demandait compte de la faiblesse : avant tout, il fallait le sauver.

— Vous m'avez fait demander, marquis, fit Lucile, qui arriva quelques minutes après, fraîche et jolie dans sa toilette matinale.

Mais elle s'arrêta aussitôt en remarquant l'attitude bouleversée du marquis de Goussé.

— Qu'avez-vous, reprit-elle, pourquoi ce trouble, cette émotion ?

— Ecoutez-moi Lucile, dit le marquis. Dans une heure, je vais partir pour Bourganeuf. Voulez-vous me permettre d'emmener Raoul ?

Lucile le regarda avec étonnement.

— Emmener Raoul ? et pourquoi ? et pourquoi aussi ce départ précipité, inattendu comme votre arrivée ? Qu'y a-t-il encore. Vous ne vous trouvez donc pas bien parmi nous ?

— Mon départ est devenu nécessaire, répondit le marquis, ne m'en demandez pas davantage.

La jeune femme s'inclina.

— Quoiqu'il en soit, dit-elle, Raoul ne peut vous suivre. Il a pour vous tout le respect et tout l'attachement qu'il doit avoir, mais il n'a jamais quitté sa mère, et il ne s'en séparerait pas ainsi d'une manière aussi brusque ; dans quelques jours, je ne dis pas...

— Laissez-moi l'emmener, Lucile, dit le marquis ; je vous le demande, je vous en prie...

— Ah ça, mais, que se passe-t-il donc, s'écria Lucile, il faut que je le sache ; hier soir le pauvre enfant m'est arrivé dans un état d'exaltation tout à fait anormal et j'ai remarqué qu'il ne donnait à mes questions que des réponses embarrassées, ce qui n'est pas dans ses habitudes ; il y a quelque chose qu'on me cache ; quoiqu'il en soit et quelle que puisse être votre affection pour Raoul, vous ne supposez pas que je vais consentir à me séparer de lui, lui que j'adore plus que ma vie, d'une façon aussi brusque et aussi insolite.

— Eh! s'écria le marquis, ne voyez-vous pas que je tremble pour lui, qu'il faut que je le sauve, que s'il reste ici quelques instants encore...

— Eh bien ?

— On va le tuer !

Lucile regarda le marquis avec stupeur.

— Hein? s'écria-t-elle. Est-ce que vous devenez fou?

— Hélas! fit M. de Goussé, puissiez-vous dire vrai; le malheur serait moins grand.

— Mais alors, parlez... tuer Raoul! mais qui, qui donc ?

— Celui qui a tué son père...

— Celui... qui... a... tué... scanda la jeune femme en balbutiant et en fixant des yeux hagards sur le marquis : il est ici ?...

Le vieillard s'était levé et, lui prenant les mains :

— Lucile... je vous en prie, ne m'interrogez pas !

— Comment ! la vie de mon Raoul bien-aimé est menacée et vous ne voulez pas que je vous interroge ? Son nom, vite, son nom...

Le marquis de Goussé ne répondit pas...

Alors un soupçon atroce traversa le cœur de Lucile.

— Vous vous taisez... fit-elle, à voix basse, avec une expression d'épouvante impossible à décrire. Vous vous taisez... Oh !... ce... ce n'est pas Raymond, n'est-ce pas ?

— Lucile, murmura le marquis, n'exigez pas que je réponde...

Lucile jeta un cri déchirant :

— Raymond ! ah ! Raymond...

Le marquis s'était élancé vers elle et il la soutenait dans ses bras :

— Ecoutez-moi Lucile, fit le marquis, écoutez-moi
bien ; il ne faut pas que le malheur entre une seconde fois dans cette maison et qu'il vous frappe
encore dans ce que nous avons de plus cher : en unis-
sant nos efforts, nous pouvons le conjurer, et c'est
pourquoi, en effet, il valait mieux tout vous dire
quelque terrible que puisse être le coup qui vient de
vous frapper. Moi je ne lui demande plus compte du
sang qu'il a versé ; je ne demande plus rien ; qu'il
vive, j'ai pardonné... mais mon Raoul, notre enfant?
qu'on me rende mon enfant. Rendez-le moi, vous qui
le pouvez encore, vous qui l'adorez encore plus que
moi... Ils vont se battre.

— Qu'est-ce que vous dites ?

— Dans une heure...

— Raymond ! Raoul !... et Raymond a accepté ?

— Oui.

— Pour moi... oui !... je comprends... et Raoul
veut se battre pour venger son père?

— Pour le venger...

— Se battre avec Raymond !! mais cela ne se peut
pas. O Mon Dieu ! mon Dieu ! vous le savez, vous, que
cela ne se peut pas...

— Comprenez-vous, maintenant, reprit le marquis,
pourquoi je voulais l'emmener, pourquoi je vous le demandais à genoux tout à l'heure ? Il faut qu'il parte
avec moi à l'instant: tant qu'il resterait ici, je ne
répondrais pas de lui.

— Oui... murmura Lucile, sortant de sa stupeur, mais. le temps s'écoule et quand nous voudrons empêcher ce sacrilège il sera peut-être trop tard.

Et se précipitant sur un timbre elle sonna avec force.

Un domestique accourut

— Qu'on appelle mon fils, ordonna-t-elle ; qu'on le cherche et qu'il vienne de suite.

— Dans un instant il sera ici, il me l'a juré, fit M. le Goussé.

— Eh? puis-je attendre sur la foi d'une parole ! s'écria la malheureuse femme. Vous à qui je dois tout, qui voulez le sauver, vous savez où il est peut-être... vous pouvez le trouver, l'amener. Ce combat n'aura pas lieu... il est impossible, entendez-vous ? Je n'ai qu'un mot à dire à Raoul... mais il faut que je le voie, que je lui parle à l'instant... amenez-le moi, je vous en conjure, amenez-le moi !

— J'y cours, fit le marquis... Songez-y Lucile, je n'ai plus espoir qu'en vous.

Restée seule, Lucile se laissa tomber sur un siège, enfin terrassée par tant d'émotions aussi subites qu'imprévues : dans son cerveau, surchauffé comme s'il était sur le point d'éclater, mille pensées confuses bourdonnaient : Raymond un assassin ! Raoul se battre, et contre lui ! mais dans le chaos de ses pensées l'image de son enfant chéri restait en pleine lumière, tout s'effaçait devant lui ; elle ne voyait qu'une chose, son fils en danger de mort... mais il allait l'entendre... il allait s'empresser d'accourir quand on lui aura dit que c'est sa mère qui le demande... sa mère

au désespoir... puis, l'inquiétude naissant à son tour ;
« et s'il ne venait pas ! murmurait la pauvre femme,...
Mon Dieu ! c'est trop me punir, pitié ! pardon ! je vous
crie pardon !... Rien !... ils n'ont pas eu le temps de
le trouver... Je suis folle aussi !... c'est que l'heure
passe, c'est qu'il n'y a plus que quelques instants...
allons ! il ne viendra pas !... mais je puis courir sur ses
pas, moi... Et elle se leva : mais au moment où elle s'é-
lançait vers la porte, celle-ci s'ouvrit et Raoul parut.

Lucile jeta un grand cri, cri de bonheur et de
triomphe :

— Ah ! mon Raoul !

Et prenant son enfant dans ses bras, elle le berça
doucement, tendrement, comme elle faisait autrefois
quand elle l'endormait au refrain de quelque chanson
apprise sur les rives de Sorrente, une chanson napo-
litaine, douce comme un parfum d'oranger, tandis
qu'elle le couvrait de baisers fous, de ces baisers,
dans lesquels une mère met meilleur d'elle-même, et
qui s'égrènent sur le visage de l'enfant, parmi des
rires et des pleurs de joie.

— Ma mère... murmura Raoul.

— Oui, ta mère que le ciel a exaucée, qui le re-
mercie, qui le bénit. Je ne lui demandais que de te
voir... te voilà, je n'ai plus rien à craindre, car maintenant tu penses bien que je ne vais pas te quitter et
que ce duel fatal n'aura pas lieu, je sais tout, va...

— Ce duel... mère, laissez-moi sortir.

— Tu me demandes cela, à moi ? Ecoute, Raoul,
tu as résisté à toutes les prières, mais tu n'as pas

entendu les miennes; à toutes les larmes, mais ce n'étaient pas les miennes. Celles-là, vois-tu, il faut leur céder parce qu'elles viennent du cœur et parce qu'elles retombent sur le cœur... J'aurais bien des choses touchantes à te dire, bien des paroles qui pourraient t'émouvoir... mais je pleure, je ne puis que pleurer... Raoul, aie pitié de moi.

— C'est moi, fit Raoul, qui ne puis supporter l'aspect de votre désespoir... ne me retenez pas, je vous en conjure...

— Pour te retenir, Raoul, pour que tu ne m'obliges pas à dire tout ce que ma position à d'horrible, vois, je me jette à tes pieds. Si je parlais, tu ne bougerais plus d'ici, vois-tu ! ne m'y force pas; cède à mes larmes comme tu céderais plus tard à mes paroles.

— Mère, il le faut...

Lucile alors se redressa brusquement et faisant asseoir son fils auprès d'elle, après l'avoir considéré un instant en silence, elle lui prit la tête dans ses mains, dans un geste farouche :

— Mon enfant, mon Raoul, dit-elle, tu ne veux donc plus que ta pauvre mère ose lever les yeux sur toi ? Elle n'a jamais pu se résoudre à rougir en ta présence... Eh bien, soit, elle s'y condamne, ce sera son châtiment. Ecoute-moi bien; cette femme qui tu entoures de respect et d'amour a été bien coupable. C'est pour la conserver immaculée aux yeux de son fils que Raymond a accepté le combat, qu'il s'est immolé : vain dévouement qui ne rachète pas son crime, hélas!... ah ! tu m'écouteras à présent. J'ai aimé

Raymond de cet amour qui fait tout oublier, devoir, famille, honneur. Malgré mon père, à l'insu de mon père, je l'ai aimé, et cela après que ma main eut été promise à un autre, un autre qui possédait lui, ce que Raymond ne possédait pas encore, c'est-à-dire la fortune, l'or avec lequel il sauvait la vie de mon père en le sauvant de la banqueroute. Mais ce n'était pas un marché que Roland faisait, car il m'aimait et il ne savait pas que j'en aimais un autre. Pour sauver la vie de mon père, je me sacrifiai, je fis taire mon cœur et j'engageai ma foi... Hélas, tout cela n'a pas tenu devant la passion toute puissante. Quelques jours après mon mariage, je m'aperçus que j'allais être mère.., mon père me maudit et pleura son déshonneur, car il n'osait croire à cette grande chose qui arriva pourtant et que j'espérais pouvoir payer par toute une existence de dévouement, quelque chose de sublime, d'inattendu : le pardon de Roland. Le malheureux m'aimait presque autant que l'autre...

— Mon Dieu !

— Et cet enfant que je portais dans mes entrailles, c'était toi et ton père, c'est Raymond Bellière..

Tout à coup, interrompant l'atroce confession une détonation sourde, dont les échos se répercutèrent dans le parc, retentit dans une des chambres de la villa. Au même instant, le marquis de Goussé parut sur le seuil de la porte, où il s'arrêta. Raoul s'était redressé, très pâle ; sa mère et lui, auxieux, le corps tendu en avant, regardèrent le grand vieillard qui lut dans leur regard l'interrogation effrayée et qui y répondit en le-

vant lentement le bras dans la direction des appartements de Raymond, en murmurant d'une voix sombre :

— L'expiation !...

Ils comprirent... Alors un long sanglot gonfla la
poitrine de Lucile et lui monta du cœur aux yeux,
dernier sanglot versé sur la tombe qui allait enfouir
à jamais ses plus chères illusions, son bonheur, toute
une jeunesse parfumée d'amours immortelles et
triomphantes malgré tout, malgré le crime lui-
même ; ses lèvres murmurèrent une prière :

« ô Toi que tua le désir éperdu d'un impossible
bonheur, toi qui fus mon compagnon de captivité, tu
viens de briser notre chaîne commune, tu as cherché
l'oubli de l'amour et de la douleur dans l'oubli de
tout ! Tu as pu succomber parce que tu n'étais qu'un
homme. Moi, je suis mère, et maintenant j'ai plongé
mon cœur et mes rêves blessés dans le cœur et dans
l'avenir de notre enfant. Je te pardonne... dors en
paix, si vraiment les morts oublient ! »

Mais voici que peu à peu sa tristesse s'apaise au
contact de la douceur, car son fils l'a prise dans
ses bras et il la couvre de caresses. Alors elle sent
descendre en son âme une paix infinie, car elle com-
prend que maintenant son cœur est à jamais fixé sur
l'*autre amour*, celui qui ignore les déceptions, les douleurs, les tourments et les folies, celui qui ne trompe
jamais et dont une mère ne revient jamais parce qu'il
est né de ses entrailles, parce qu'il est le sang de son
sang, et la chair de sa chair.

Courbevoie. — Imp. E. BERNARD, 14, rue de la Station.

www.ingramcontent.com/pod-product-compliance
Ingram Content Group UK Ltd.
Pitfield, Milton Keynes, MK11 3LW, UK
UKHW022352090726
13658UKWH00002B/601